老街口

LAO JIEKOU

马文秀 著

我以诗人身份
与百年藏庄塔加相遇

内蒙古人民出版社

图书在版编目（CIP）数据

老街口/马文秀著. —呼和浩特：内蒙古人民出版社，2023.9（2023.11 重印）

ISBN 978-7-204-17677-9

Ⅰ. ①老… Ⅱ. ①马… Ⅲ. ①诗集-中国-当代 Ⅳ. ①I227

中国国家版本馆 CIP 数据核字（2023）第 130245 号

“美丽中国”书系品牌主理人：杨碧薇

老街口

作　　者　马文秀
策划编辑　王　静　董丽娟
责任编辑　董丽娟　贾大明
封面设计　格恩陶丽
出版发行　内蒙古人民出版社
地　　址　呼和浩特市新城区中山东路 8 号波士名人国际 B 座 5 层
网　　址　http：//www.impph.cn
印　　刷　内蒙古爱信达教育印务有限责任公司
开　　本　889mm×1194mm　1/32
印　　张　5.125
字　　数　270 千
版　　次　2023 年 9 月第 1 版
印　　次　2023 年 11 月第 2 次印刷
书　　号　ISBN 978-7-204-17677-9
定　　价　18.00 元

目录

［序］

塔加村*，心灵的最后一片净土

——评马文秀长诗《老街口》

吉狄马加

我在青海生活工作了九年，对这片土地有着深厚的感情。作为多民族聚居地区，以藏文化为主的多元民族文化和以三江源为代表、青藏高原为基础的自然生态文化，让青海充满了神秘气息。正因为如此，看到青海回族女诗人马文秀创作的长诗《老街口》，我再次沉浸在对那片高原热土的回忆之中。

百年藏庄塔加村位于青藏高原，是河湟文化的典型代表，曾给我留下深刻印象，至今难忘，因此读到诗稿《老街口》，我倍感亲切。马文秀的长诗《老街口》入选了中国作协 2019 年度少数民族文学重点作品扶持项目，可喜可贺。

诗歌是最富感情的艺术，而我们人类更爱我们脚下这片土地，用诗歌记录历史，缩短历史与现实的距离，正是诗歌无法摆脱的宿命之一。我曾经多次说过，要成为一个诗人不容易，要成为一个优秀的少数民族诗人更不容易——需要具备基本的诗人素质和优良品性，需要非凡的勇

注：本书中提到的“塔加村”为青海省海东市化隆回族自治县塔加一村和塔加二村的合称。

气，还需要真实地反映不同民族的生活，让诗歌真正为民族灵魂发声。显然，少数民族女诗人在创作的过程中，遇到的困难与坎坷会更多。青海回族女诗人马文秀则克服了种种困难，以诗人的身份，深入塔加村这一座百年藏庄，像一个探险家一样，探访这个村庄的历史变迁和发展变化，以锐利的目光，发现历史赋予这个传统村落不一样的深厚文化内涵，将一部长诗《老街口》献给青海这片高天厚土，的确令人敬佩。

塔加村是青海即将消失的一个古村落，一千多年前，吐蕃军队的后裔从西藏迁徙至此。塔加村也是迎接文成公主进藏的重要一站。跟随诗人马文秀的文字，让我们一步步接近这个百年藏庄。诗人深入生活，感悟藏族文化带给她的不一样的魅力，然后将精妙的文字呈现笔端。“迁徙不再是逃难与角逐/而是与命运的对抗/战马奔腾，焦渴难耐/却来不及饮一口路边的溪水/铠甲之下/五脏六腑已裂成一束牡丹/藏着未说出口的爱/和来不及绽放的华丽。”人类的迁徙是艰难的，诗人从另一个角度对迁徙进行了重新定义：逃难、角逐、对抗，最终升华为一朵牡丹以及未说出口的爱。只有深入古村落村民的生活，才能真正体悟到那是一段什么样的历程。诗人从女性的视角，从另一个民族的视角，进一步阐释了藏族的历史文化内涵。“沙漠尽头，他转身/听到天空的挽留/不禁，轻叹一声：/挣扎、奔波、劳苦、欢乐……/这些迁徙的符号/不也正是所有出生与死亡/最美的诠释吗?”诗歌不是报告文学，在尊重现实的基础之上，在真情表露之中，必须要有诗人自己的语言升华——作者如此干净又有温度的语言，让这部长诗一下子温润、丰盈起来。

近年来，长诗创作出现好的势头，而主题长诗创作对一个诗人的要求极高，历史、时代变化、乡村振兴、文化复兴等题材，无不要求诗人走出自我；这些题材的诗歌也更需要重量和力量，不是坐在冰凉的水泥房子里就可以臆造出的一场波澜壮阔。诗歌需要诗人们深入生活，从身体和心灵上点燃激情，让血和肉燃烧成火。

故此，好的诗人，要敢于直面现实，要有正义感，勇于为真理献身，勇于在自己的诗歌中说真话、说实话，让自己的诗歌真正传递出这个社会乃至人类的最诚挚感情。“阿米仁青加翻腾在马背上/一抬头，瞥见了/踩着火烧云而来的祥瑞//沃土何在？只在马蹄下/他对准火烧云，跺了跺脚/山水化隆，宝地也/他以此生的英勇和智慧/作为赌注/命令将士们/停止迁徙//一壶烈酒下肚/卸下疲惫，踏乐而舞/任由靴子敲击出胜利的乐章/牦牛舞、狮子舞、鼓舞、谐钦……/隔着兽皮，舞吉祥/曲子在半空各色旗帜间缭绕。”率众迁徙的吐蕃将军阿米仁青加，从诗人的笔下一步步走来，并且在诗人不经意的表述中慢慢伟岸、丰满起来，仿佛他跺了跺脚，一个村寨就诞生了，而那靴子敲击出的胜利乐章，是迁徙者在漫漫迁徙路途中心灵的最后升华。通过诗人的目光，我们透视到高原的神秘，探寻到藏族人民深刻的生命观和历史观。“合上书，年轻的扎西/面对风雪，不再躲闪/挥舞起牦牛鞭子……他驱赶遍地盛开的牛羊/将满腔的热血甩向空中/发誓要燃烧头顶最美的一朵云/他怒吼：/宿命是牢笼，挣脱后/便能找到祖先预留给勇者的勋章。”一声怒吼，让一个藏族汉子的形象栩栩如生，这不是在写一个人，而是在展现一个民族奋勇向前的精神力量，读来让人热血沸腾。这部长诗的写作，和诗人笔下的塔加村一样，有着一定的宿命。

诗人对于诗歌写作，不应该是一个旁观者，因为当诗人创作出一首诗歌，特别是一部长诗时，诗歌就不再是诗歌，它的性质和功能就被更宽泛地社会化了。当然，诗歌写作中的同质化现象，也是目前诗坛的困境之一，如何突破这一困境，是当下每一个诗人在写作中急需解决的问题。回族女诗人马文秀能抛开以前常用的诗意逻辑，深入生活，发现美、挖掘美，用文字来拯救一座将要消失的百年藏庄，值得称赞和鼓励，让我们感谢她用诗意来守护心灵的最后一片净土。

是为序。

2019-12-2

【序诗】

探秘百年藏庄

1

宿命中早已注定
我与百年藏庄相遇

传说中藏在白云深处的藏庄
远在视线以外
透过飘动的五彩经幡
望去，令人心驰神往
近在嬉闹孩童，闪耀着高原红
与羞涩的脸颊上

穿行在泛红的土壤间
碎小的步子
已连成云的形状
我下定决心，在太阳落山前
寻找属于塔加的图腾

在这山脉连绵处

新的意象遇见诗人
神秘挤进，未出口的诗句中
溪流声、鸟鸣声、诵经声、嬉闹声……
争相组成惊喜的诗句
相互打闹，窃窃私语
却在冥冥之中
无比清晰地引导我
以诗人的胸襟
走进塔加村，这即将消失的古村落

村口的巨石
扮成传达神谕的女祭司
将百年的过往，藏在
一阵龙卷风中
秘密送进我的目光中

相信总有一天
百年古村落会在我的诗句中傲立
在一碗烈酒中
将喉咙处的焦虑，一饮而尽
在一个手势中让万物苏醒
迎接我这书写大地的游子

2

走向街口更深处
看到，传说中那块从西藏
驮运而来的石头
傲然挺立，以将军的身份
驻守塔加村
将喜怒哀乐一一记述
甚至具体到父辈迁徙时身上
所携带土壤的颜色
以及坐骑的品种

它与我对视的瞬间
目光中的语言
时刻准备夺眶而出
关于村庄的史诗
除了仅存的史料外
它们有太多的悄悄话要跟我讲
彻夜长谈都不足为奇

每家每户的老物件
闻讯赶来
争先恐后交代着各自的身世
只为后辈在我笔墨纵横处

寻找到祖先的遗迹
它们相信顺着文字向上
能找寻到一种生长的力量
也能在诗句中感受到
脉搏的跳动

3

街口的秘密
皆藏于守护者的目光中

行走在沟壑处
我抬起头
寻找长者眼中的乡愁
或许，布满额头的皱纹
能讲述那场无法预知的迁徙

她说，塔加是以一百匹马来命名的
在这块风水宝地中
六畜之首象征着兴旺
同样预示着子孙后代的健硕、英勇
驰骋在马背上，没有逮不到的猎物
谈笑间，过去的荣光
隐现于她的眉目间

吐蕃后裔无法预知的迁徙
顷刻间，在几代老妇的眉宇间
隐现出千年的命脉

脚底是褐色的岩石
斜照的夕阳比新娘的唇色
还要妖艳
此时，只有老妇们的着装
原始、朴素，能入诗、入心
亦能入梦

历史的夹缝，杂草丛生
宿命中的相逢
却以梦境的形式命定我

按着神的指引
以荆棘为墨，探秘百年藏庄
在诗句中，寻找千亩
马兰花的风采

一个花草丰茂的村落
必将生灵草木高举头顶

4

在先祖阿米仁青加的指引下
那 500 峰未命名的骆驼
以将军的气势
在蛮荒行进
与山石为伴
守护着粮草前行
拒绝落日的挽留
将行走的勇气刻于脚下

驼峰一颤，离夕阳更近
头顶的火烧云
将这段迁徙的艰辛
绘制在苍穹之上
历经风霜
不停地在星辰下寻求答案

终于，多情的火烧云
环抱塔加村时
英雄找到了一个好归宿

历史比风雷迅疾
却以日月星辰的智慧，选定

这样一个经纬度
在塔加村的上空，播撒
奇异的种子
让千万种花盛开
摆出心底的“吉祥如意”
迎接进藏的文成公主
甚至精心安排
可靠的意象组成守护神
守护这条丝绸之路的南道

宿命中的奔波，在一座
村庄有了答案

【第一章】

迁徙：祖先预留给勇者的勋章

一

1

一场迁徙，立于青藏高原
讲述雄浑壮阔的天地之美
他们穿越山川河谷
一路前行

迁徙吧！
面向太阳升起的地方迁徙
迁徙到骏马的天堂
与日月同辉
迁徙到炊烟自由升腾的地方
让每家每户
拥有人间烟火味

扶老携幼，参与一场
史诗性的活动

毫无波折的记忆没有色彩
年老后更不值得回味

迁徙不再是逃难与角逐
而是与命运的对抗
战马奔腾，焦渴难耐
却来不及饮一口路边的溪水
铠甲之下
五脏六腑已裂成一束牡丹
藏着未说出口的爱
和来不及绽放的华丽

迁徙的将士
仰起头颅，让汗水顺着
脖颈流下，他们明白
行走就是力量
一步一步留下清晰的足迹

2

翻开陈旧的史册
浩浩荡荡的骏马
以纵横驰骋的雄姿
站立在世界屋脊
再多的苦难一一被淡化

高原一场又一场的风暴
无法阻止迁徙的队伍
男女老少穿越洁白的雪山
在灵动的牧草间载歌载舞
群山阻隔不了他们对生活的热爱

3

吐蕃铁骑
像咆哮的雄狮
将胸腔的热血
洒向干枯的大地
让每一条河流清醒
不停地奔腾

奔腾！奔腾！
让所有的喧嚣在电闪雷鸣前
沉寂
让战马立于悬崖边
向对岸的群山举杯
浊酒一杯，足以咽下所有的
惊险与艰难

4

肌肤是铺开的纸张

记录一生的起伏
五官的走向
暗藏着一生的运势

吐蕃后裔从祖先脚下启程
游走四方的那一刻
太阳已在暗中开启
智慧之眼
目视所走的每一步

行走的轨迹
在行吟诗人的诗句中
起承转合，荡气回肠
也在行走者的心间
翻滚成思念
愈加强烈，无法割舍

迁徙的路途中，弯刀长剑
成了胆量的象征
路途再艰辛，足以考察
一个男子的气魄

跨过泥泞的黑夜
绕过高寒地区强气流的冲击

他们一路打探并记录着
散落各处的青藏文化
多年来，文化丰盈了精神
成为引领他们前进的灯塔

5

丝绸之路的南道
独霸史册的风水宝地

来往的骆驼，成了
迁徙时心中燃烧的图腾
在沙漠中给予他们无穷的力量

用骆驼打赢的战役
已被史册轻轻拂去灰尘
在横撇竖捺间加上书名号
整齐摆放在历史教科书中
古往今来，功名流淌在青史中
映照出奋斗者的伟绩

唯有战役决定
胜负的时代
多少豪情壮志，已化成
攀缘而上的青烟

在空中走出驼队的步伐

6

属于沙漠的图腾——骆驼
带着先祖阿米仁青加
这位“最后”的吐蕃大将
在沙漠戈壁间
走出心中的那片绿洲

我想，有那么一瞬
沙漠尽头，他转身
听到天空的挽留
不禁，轻叹一声：
挣扎、奔波、劳苦、欢乐……
这些迁徙的符号
不也正是所有出生与死亡
最美的诠释吗？

沙漠之舟也曾是一条
流淌战士热血的长河
而今天却被烧成
一片火烧云的形状
奔腾、奔腾，纵使千万滴汗珠汹涌
也不及被淹没的马蹄声

7

遥望荒沙大漠
孤独渐浓，升腾到胸口
任由，驼铃声
和成无名的绝唱
渐渐遗忘远去的脚印

驼队以鹰的目光为坐标
向前、向前……在胸口默念
忽略身后追赶而来的烈日

吐蕃后裔的英勇
挥洒一路
征服了骆驼、牦牛、马匹……
应有的桀骜
从荒漠到达绿洲

在塔加村的村口
征服一只守护村庄的雄鹰
并在太阳的指引下
在山坳处，埋下决心
守护世代子孙
做高原忠诚的守护者

8

站在老街口回望
历史比记忆更加牢固

迁徙的使命
印在阿米仁青加的额头

试想，他跨上马背
紧握缰绳
旋风般的铁蹄
踩着鹰的足迹驰骋于苍穹
奔波天地间

汇集日月与尘土间的精华
此时，透过彼此的光芒
将爱映射到花草树木间

此处的山水透亮无比
那就在这北纬选一处
繁衍之地
放下所有的遗憾

天亮前，让尘世的烦扰

从子孙脚下滑过
等到他们一睁眼
便可享受到化隆山水
给予的恩泽

9

英雄的奔波
掠过火焰，闪现诗意
诗句中起伏的情绪
记录了他们的行迹

数年的迁徙，就此停下吧！
就算是在太阳落山前给自己
最好的回答
阿米仁青加翻腾在马背上
一抬头，瞥见了
踩着火烧云而来的祥瑞

沃土何在？只在马蹄下
他对准火烧云，跺了跺脚
山水化隆，宝地也
他以此生的英勇和智慧
作为赌注
命令将士们

停止迁徙

一壶烈酒下肚
卸下疲惫，踏乐而舞
任由靴子敲击出胜利的乐章
牦牛舞、狮子舞、鼓舞、谐钦……
隔着兽皮，舞吉祥
曲子在半空各色旗帜间缭绕

这一刻，他兑现了将领们的生死盟约
划分领地、牛羊以及 **500** 峰骆驼
一条迁徙之路
在这里成了繁衍生息的沃土
一切奔波，终逃不过宿命

10

拿起史册，轻轻翻到
吐蕃后裔到达
雪域高原的这一页
祖先的坚韧稳稳立于
白纸黑字间

得知祖先的事迹
已被写成一部史书

前来寻根的子孙
络绎不绝
他们翻阅、精读
生怕纸张一颤，错过
祖先英勇的身姿与雄伟的气魄

聚精会神，仿佛此刻
他们在纸上
看到了翻山越岭的身影
翻阅一页，血液更加滚烫

合上书，年轻的扎西
面对风雪，不再躲闪
挥舞起牦牛鞭子
马背开始滚烫
似乎此时他正在征战沙场
等待吹响胜利的号角

他驱赶遍地盛开的牛羊
将满腔的热血甩向空中
发誓要燃烧头顶最美的一朵云
他怒吼：
宿命是牢笼，挣脱后
便能找到祖先预留给勇者的勋章

11

驼铃声，叫醒了黎明
大山纵横，云雾渺渺
一条河流的桀骜
不需要鲜花芬芳过的语言
加以形容

睁开眼！
那无声流淌的繁荣
是这条河流，刻意
在丝绸之路的南道遗留的痕迹
一步比一步华丽

隔河相望——大河家
这塔加东侧的临津古渡
带来那远古的绮丽
装点出如今的繁盛

想当年，兵家必争的要塞
越过刀光剑影，醉倒
在一杯酒中
美食、书籍、珠宝……
开始与运往临津古渡的珍宝

攀谈，调情，打闹……

看似浓稠的情义

堆砌的繁华与热闹

多年后，却没有一首诗长寿

一条河让无数民族

英雄辈出

千年后，物件却要靠着

大河家的气息

倾听河流之上的民族

完整讲述残缺的故事

寻找古村落遗留的文化命脉

12

马帮的影子拉成一条线

两头牵着生计与哀乐

横穿高原

拴牲口、放货、修整、过夜……

艰辛的路途

在男人强悍的臂膀间展开

坦荡而有力

镂空口罩，挡住

马脱口而出的话
却被马脖子上的铃铛
完整地记述

马帮远去的马蹄声
在山脉间回响
就像两股气流在上空相遇
铃铛的清脆声
足以判断一匹马的品种

好马再怎么饥渴也要越过
旷野的沼泽
一路向西，寻找清澈的雪山之水
洗净胃中残留的杂念

13

百年藏庄壁橱
深处的驮茶
敲击出下一个句子
如此自然
就像从远古走来的骡子
驮着羊毛、兽皮、虫草、酥油
以及名贵药材
越过戈壁大漠的孤寂

穿过集市的热闹
在历史的激流中
浩浩荡荡
走出一条丝绸之路

诗句中的每个符号
所藏的歌谣
等待从喉中浅唱而出
我再三打量墙上的那幅画
披着褐色斗篷的驮夫
脚踩马靴，紧握缰绳
似乎要奔往下一个汇聚地

最原始的贸易交流
都藏在他们路途的酸甜苦辣中
千万驮夫的影子
拧成一股绳
顺着黑暗寻找影子的踪迹
不停向上攀爬
走出真正属于自己的路

沿雪线而上，吹响口哨
在净土之上，寻求安宁

14

白雪皑皑，茫茫的草原
此时，已沉默
在命运的波折中
他相信太阳随处都在
让渴望光明的灵魂走上归途

一场迁徙
让脚步坚实，让视野宽广
石头无法丈量草原的辽阔
但足迹，早已遍布
沙漠以外的地方
带着百草的丰茂
站立在塔加村口

石头像滚动的水珠
聚集水珠多的地方
留有更多的话语
一块石头九个面
每一面与有缘的事物
相接触，组成新的事物
接触得越多，了解得越深

15

生活在高原上的人们
一代比一代更关注生灵草木
他们俯身与一草一木对话
让百年古村落
在阳光下与草木一起生长

诗人在沉思
是一束花造出了他们
还是他们造出了一束花
生活是一场朝圣
你照亮别人的同时
别人也在照亮你

二

16

我骑着一匹马
站立在朵洞卡神山上
这村庄东面的视角
足以窥见
塔加百年的兴衰

弯曲的沟壑

在河流间游动

试探、摸索，轻轻抚摸这片

新的土地

试图在土地与河流间

开疆拓土

为更多探秘者留下路标

希望古村落早日踏上

保平安、聚财富之路

将视角拉近

那残破的石墙

倾斜着身子

挡住了大门门扇

推开门，数不清的遗迹

跃入眼帘

穿越古今，精雕细琢的手工技艺

留下了温度

古韵之下的精美

看上去，比我

即将出口的诗句还要气派

17

无声的预言

从地图的形状开始
环绕着宇宙，以智者的谋略
提前布下阵

天空的霸主——鹰
霸占了化隆这一块风水宝地
千里外，请我吟诗一首
热情将我的目光带往
千米以上的高空
在它的庇护下
直视太阳而不被灼伤

从上往下，以诗人的视角
观照苍生，你看
化隆的形象是“奔跑的北极熊”
而塔加刚好在其后小腿处
小腿一发力
众多的意象在高空
呈现出多张面孔
像我在键盘上敲击的无数词汇
互不相识，却在某一刻
亲如手足

18

鹰盘踞在山腰

巡视山所掩映的大地

试图为饥渴的孩子们

从天空搬运过冬的物资

绕过流云苦涩的柔情

守护牛羊与野花争宠的上空

掩映着一片秋季的旖旎

鹰呼啸飞腾

颠簸在气流之间

凝视着南飞的雁群

此刻的怒视便是另一种送别

守护着百年藏庄

也是祈祷的一种方式

19

昆虫无法参与冬季的幽默

提前寻找藏身之地

它无法丈量的脚印

早已被淹没在风尘中

哦！那远去的驼队

在起伏间更加接近炊烟
一步比一步鲜亮

粮草丰裕
稳坐于驼峰间
和着驼铃声，跳起舞来

以沙漠为舞台
以夕阳为灯光
尽情，舞动躯体
甩尽疲惫，片刻间
商队的爱恨情仇
早已爬到粮草尖上张望

20

从大唐走出的李白
将千山万水
随手调进一壶酒中

明月下，他轻叹过的
盛世繁华，却在
转瞬间化成诗篇
布满盛唐的星空

前去和亲的文成公主
一抬头，便撞见了
李白诗句中的雪域圣水
于是，她胸口裂开了一束牡丹
芬芳了大唐的半壁江山

红妆伴黄沙，送走落日
一壶浊酒满是漂泊
如果流浪的血液
能容纳万物
那么驼铃的焦灼又有
几人能知晓？

在和亲的路上
文成公主的微笑
不知该飘向哪一朵云
眼神斑驳，想起
被风沙掩埋的青春
她明白在大漠行进
美好的婚姻更需要耕耘

21

花染雪域，一生随藏王
文成公主遗留的脚印

向着盛唐的星辰
千百次回眸
寻找自己的身世

于是，丝绸之路的南道
迎来无数探秘者
他们将梦串在一根线上
寻找属于古村落的文化基因
他们坚信，唯有丝绸做殉葬品
才能配得上英雄生前的功劳

22

山头一片苍茫
光亮似乎要接近苍穹

蓝色的火焰
在山头——跳动
神秘而富有诱惑力
原来那是老者
面具上的一束光
引导他唱起古老颂词

序幕如此古朴、粗犷
藏文化的“活化石”——藏戏

此时已踮起脚，向观众
挥舞双臂
放下俗世的种种束缚
释放原生态的美

“为嫁他，走了三年
为娶她，建了一座城”
为人称道的爱情
传唱至今，并不缺乏诗意

文成公主远嫁吐蕃
陌生的场景
穿越到舞台之上
重现神秘而伟大的爱情
惊艳绝妙的舞姿
传递出爱情的真挚

凡是经得起时间考验的事物
最后都成了传奇
也曾在人世间洒下热泪
而世人们却看到了欢乐

23

彩绳连着相思

多条交织，宛若爱情

男子右手持铃

左手持牦牛尾毛

在腰间，拴紧彩绳

将铃、鼓舞为一体

在肢体间扭动出新的情话

女子右手持弓形鼓槌，左手持长柄鼓

羞涩的眼神中藏着

待燃烧的火焰

迎着粗犷有力的热巴舞

与对面的男子互诉衷肠

24

划破夜空的唱腔

为今晚的第一首诗

埋下伏笔

顺势在古老的唱词中

写下心底的声音

气势恢宏的打阿嘎

将不可言喻

留在木夯之上

等待被寻觅与聆听

我的诗句伴着舞台上
夸张的肢体
奇巧的面具
记下他们情绪的起承转合

诗人将那个年代的剧情
在燃烧的火焰中进行阐释
阐释得越多，火焰越高
就连旷野上的蓝面具
也在诗句中舞动
带着好奇的观众
穿越到那个动情年代

文成公主与松赞干布的爱情
在多幕剧中轮番上演
又一次让盛唐的光辉照耀青藏高原

25

整个舞台
泛着比火焰还刺眼的光芒

照亮了 300 多名

纵情舞蹈的藏族男女
热烈的篝火，瞬间升腾
升腾成无数即将
裂开的花朵
纷纷撒下吉祥的花瓣

留着长辫的男子
带上腰鼓，甩起头发
组成新的队伍，蜂拥而上
将激情挥洒于今夜的舞台
圆鼓竖于腰左
鼓帮上拴着鼓带
一条围扎在腰上
一条围扎在大腿根部
聚集旷野中分散的热情
围成圆圈，极显阳刚之美
大家手牵着手，和着音乐
以脚顿地作为节拍

在舞姿中展现出
原始的野性和粗狂
这便是果卓舞

26

玛尼石旁，篝火起
半圆的诗行站满了
年轻的舞者
手拉手，组成名词、动词
以脚顿地
变换“龙摆尾”的图案
以傲娇的身姿
围着形容词，揭开
节拍下的谜底

载歌载舞就是藏族人民的日常
将劳动之美呈现在舞姿间
打青稞、捻羊毛、喂牲口、酿酒……
俗世的欢乐就是艺术
生活的圆满就是最美的圆圈歌舞

27

梦幻的剧情
诞生富有神话色彩的诗句

皎月当空，浪漫的季节
美好的事物皆能入梦

文成公主梦中与松赞干布
相会之时
宫殿前，姑娘们头戴“大簸箕”
跳起舞迎接

将心头的喜悦
藏进精美的服饰中
舞蹈时而舒缓，时而激烈
像高原盛开的雪绒花

一场盛大的舞会
让松赞干布有了大唐才子的风雅
自此，文成公主温柔的枕边
有了知心人
男才女貌，美好的姻缘就此诞生
当一束光，寻找到平凡人
那头顶的光源
便是不凡命运的开始

28

古老的歌谣
惊醒了酣睡的土地
它抖了抖身上的贫瘠与磨难
慢慢站起身来

歌声环于天际

大地在星辰下眨着眼睛

诗人在诗句中

记下此刻人们眉目间的欢乐

或许，这正是平凡生活中照向

自己的一束光

一束让人在天地间站立的光

【第二章】

白云深处的百年藏庄

三

29

千里外，绕过白云
想去寻找百年藏庄

现在的一切都太过于匆忙
此时，就想停下来
让生活回归原点，让诗句
更加自由

琐碎的事物是一种枷锁
套住太多假象
而诗人是多么向往
自由与真实
此刻，我想在白云外
与一座村庄谈谈心事
寻找百年古村落遗留的诗韵

诗句足以收纳

万物理不清的喜怒哀乐

30

千岩万壑，无法阻挡

探秘者的心

诗人在远方

如果不是得知

百年藏庄即将消失的消息

那么相遇的机缘

或许会推迟到来

得知诗人来探秘

古老物件张口说起往事

断断续续

像个结巴的孩子

只言片语在我耳畔，像无数

飞舞的彩蝶

扑扇的翅膀下藏着

古村落的美

又像迎风飞舞的丝绸

刚好能看清村庄

每一家的喜怒哀乐

31

通往塔加村的公路
像条衰老的蚯蚓
蜿蜒的躯体长满皱纹
塔加村
如晒干的核桃，以丰收
的姿态
吸引四海的游客

车行驶到平坦处
看着成群的牛羊
留下一路的喜悦
红色砂岩踩着夕阳边儿
跳起舞，秋风撩拨着裙摆
在篝火旁舞出一年的喜悦
他们坚信：
诗人的笔下足以装下苍生

32

白云将我挡在半路
以诡异的表情，试探我的虔诚
并与西北风一起密谋

我——将计就计
向天空挥挥手
将多余的疑虑扔向天空
静下心，在地上写下
风的形状与云的妖娆

你看，成群的牛羊
呼朋引伴，前来围观
白云羞红了脸
将我带入塔加村
敲开古村落的大门
迎来的面孔比空气还要新鲜

白云望了望我
笑着指向山顶
在这高原之上，究竟
还有几位卓玛
藏在这原始与古朴间？
将酥油茶的醇香，辫进秀发中
将悲欢离合用浓密的秀发来记载

33

以俯瞰的视角
接近古村落，无比真实

群山的轮廓在薄雾中
逐渐清晰
而风依旧酣睡在石头上
歪歪斜斜打着呼噜
一声比一声响亮
似乎，宣告着
自此以后
不再为俗世所缠绕

百年藏庄如烈日
傲立在我的诗句中
相机却异常固执
像个闯进现场的侦探
不停向四处搜寻
将说不出名字的事物
现场抓拍，快速分类
一一添加在词汇中间
或许相机不愿意继续充当
跑龙套的角色
在老物件之间穿梭

寻找最初真实的模样
即使不说一句话
此刻我也能感受到

塔加百年遗留的气息
已融进我的诗句
顺着气息
抬头望去
天空像箭一样笔直
比地上的道路还要通畅

34

秃鹫驻守在 10000 米以上的高空
目光如炬，像奔跑的白唇鹿
或在裸岩峭壁间攀登
或跨越崇山峻岭
在家畜仰望不到的高度
守候雪域高原的神灵
等待高原大地
留下勇者探秘的脚印

诗人的探秘方向
不是从村口走向村尾
或者从高山走向平川
而是从太阳升起的方向
走向太阳降落的方向
将瑰丽与浪漫穿插在其间
听古村落的物件

在舞蹈与歌谣的欢乐中
讲述身世之谜

35

走进山坳，与塔加相遇
野花遍地，曲径通幽
花瓣拉长了山路
未被探秘的部分像一头老黄牛
伸长了脖子
正在等待诗人的到来

此时的夕阳
满是丰硕与艳丽
趁月色到来前
躲进山坳
以沉甸甸的语言
清点万物的功过与是非

在这一沟壑处
我抬起头
寻找额头布满皱纹的长者
或许他们还记得
那一场迁徙的缘由
也能在一杯酒中

与自我和解
跟着诗人的步伐，寻找
祖先的遗迹

我以一位诗人的胸怀
去丈量这片土地，去认知
预想每一个轮回

在古老的物件中寻求答案
而叛逆的诗句
洋洋洒洒在纸上
早已判定
所有探秘者的到来
将会在某一时刻
悄悄兑现
村庄留给勇者的诺言

36

吐蕃遗韵塔加村
辗转百年，保守着属于
这座古村落的秘史

而今，迎接我这位诗人
这份尊贵与殊荣

让我颇感意外
闹市外，这是对文字的敬畏

尘土，闻讯赶来
甩开万里风暴
亲自为我开启古村落这坛
百年的老酒
接风洗尘，不应缺少诗与酒

村庄守护人才仁
疾步赶来，风将他的胡子
吹得更加喜庆
他比画着村庄的房屋
略过房屋的建筑特征
直接交代出房屋的主人与家世
“有人，才有一切”

他长叹一声
步伐变得更加精细
似乎刻意留给我构思的时间
而属于这里的诗句
如若能随着诗人走出去
那百年后，古村落
将会带给探秘者更多惊喜

37

我抬起的脚
在与老土地打招呼前
也悬空想象过吐蕃将士
奔走各地，遗留的足迹

祖先的英勇被子孙讲述
这是家族另一种荣耀
吐蕃后裔迁徙的画面
在我脑海中，愈加清晰
驼队、铠甲、将士……
甚至相互搀扶的老人
繁多的意象涌进我的诗句中

风暴席卷，千万种可能下
吐蕃将士逾山越海
一脚接着一脚踩下去
走出属于自己的路

曾经所走的每一步都算数
就像石头垒砌的城堡
一块块都在构建
属于自己的精神家园

38

拴马桩将我堵在村口

板着灰青色的脸

与我对视

义正词严地佐证了

此地曾经的殷实

而我看到的却是

桩体所呈现出的神秘

谁的汗血宝马曾拴在此处?

鬃尾乱炸

蹄跳嘶鸣

而此时，我决定在诗句中

守口如瓶

39

拴马桩，村庄钟情的物件

避邪镇宅

记录了村庄百年的兴衰

我想阿米仁青加的那匹

汗血宝马

再怎么叛逆

也曾被拴在此桩上
反省过
甚至偷偷流过泪
咽下所有说不出的委屈

斑驳的桩体
深夜在诗人的双眸中
若隐若现
与词汇窃窃私语
组成富有张力的诗句
清晰复述村庄百年的历程
那就留一扇未关闭的门
给勇敢的探秘者
让相遇的缘分从这扇门穿过

四

40

一个街口，包罗万象
所有驰骋过的意象
汇聚于此
包裹百年藏庄

在高原之上——仰望

一个充满神性的古村落
太阳早已为我指明了方向
作为高原的孩子
顺着脚掌的温度向前
便能找寻到百年藏庄的踪迹

宿命中的相逢
早已渗透在血液中
甚至在一草一木中，埋下
伏笔
等待从街口走进的书写者
将烈日与昨天写进明天

站立在塔加村口
环视四周
窄小的街口已成为通道
通往昨天与今天
通往今天与明天

彳亍的步伐
早已将疑惑埋下
生于高原，胸怀大地
此时我该是游子还是探秘者？

41

游子的探秘
何尝不是一种乡愁?

百年的庄廓
从远处看就是一座微型城堡
显示出建造者的智慧
现代意义上的遥望
让故乡在陌生中熟悉
乡愁依旧荡漾在心头
你看！老街口盛放着沧桑

百年的庄廓
从街口开始延伸
拿起显微镜，仔细端详
古村落的面貌
逐渐清晰
犹如一位安详的老者
静等子孙的归来

老者抚摸
额前的夕阳
梳理着历史的脉络

而如今年轻的子孙们

于尘埃之上，仰望理想

夜晚也滚烫

于是，下定决心

翻过石墙奔赴远方

寻求心中追寻的生活

42

从街口进入

探寻每一个新鲜的意象

随身携带的相机

以高清的画面留住

此刻在原始中生长的面貌

村庄老物件的原貌

早已飘散在各个角落

老街口硬是照着岁月

切开一道口子

让探秘者在消失的风暴中

找寻到英雄遗留的痕迹

多么渴望，镜头

能聚拢时光撕裂的碎片

让晨雾扩散到村庄上空
像白色的哈达
迎来高原的吉祥圣洁

43

塔加村墙面上
弯弯曲曲爬行的白色图案
占据了我的视野
像是蚂蚁地图
回环往复进行阐释
或许是祖先遗留的祈祷方式

凝视斑驳的墙面
诗句开始在五脏六腑翻滚
滚烫的词语
准备随时从我的唇齿间
一跃而出

挨家挨户以独特的符号
记录着信仰与祈求
白色图案
似乎在同头顶的火烧云对暗号
却意外泄露迁徙的艰辛

是的，此时诗人不该失语
漠视一处被遗忘的遗迹
再回首，百年后
升到喉咙处，未说出的话
皆会成为历史的谜团
而此刻我想以诗句作为见证
将此刻留在笔下

44

命中的运数
向来惊喜无比
譬如：横行的土匪
精心谋划的一场胜战
却在塔加村东面
朵洞卡神山上
乱了方寸

只是望了一眼
乱石瞬间变成无数兵马
神山的幻象让土匪的嚣张
变成一团乌云
被神山的声音压倒

妇女们喊着整齐的口号

拔出经幡做旗杆
以拔青稞的娴熟与自信
投入战斗中
挥出保卫塔加的决心

多年后，妇女们对着子孙
骄傲地指向
张开双翅的塔加村
嘲讽土匪们逃窜时
滚落山底的样子

45

土墙搭建的庄廓
散落山下

墙体倾斜，再现了
抵御兵燹匪患的那一刻
而今，一伸手
摸到的是钢筋水泥
雕琢出的精致

儿时塄坎上种的树
早已被善于砍伐的木匠
选为大梁，锤炼他的技艺

46

塬上散落的庄廓

依土墙搭建而成

几十年来一个模样

每一处都留有亲情的温度

更有祖先的智慧

那些年，每家每户

在庄廓周边和自留地的塄坎上

种的白杨树

铆足了劲儿向天空伸展

像男孩一样健壮

守护这片高原的繁荣与昌盛

数十处古朴、原始的院落

将百年的喜怒哀乐

一一摆放在院中

静待诗人的到来

每一个物件

将自身不可言说的秘密

编辑成一长串数字

打乱次序

等待探秘者来破译

雕刻讲究的门扇、门枕石

及两侧石墙脚

像颤巍巍的老人

守候在栅栏旁

以一株菊的安详

等待落日来临

此时此景下

塔加百年的沧桑

无须再多的语言去复述

似乎，在向探秘者说

自有相逢之时

你我皆不必惊慌

47

古村落独有的断壁残垣

让空气有了凝结感

似乎此时

一切都在收缩

老者说，倒塌的砖石墙壁下

曾汇聚着一摊血

一只断臂扔在血泊中

却不知奄奄一息的主人在哪里

这是苦难的过去
更是塔加难以磨灭的记忆
轻拍石墙，灰尘就像词语
在眼前飞扬
我多想伸手抓住一把
揉进日思夜想的梦中

塔加村最原始的面貌
成了引导我探秘的线索
离每一个物件
近一些，更近一些
像呼吸一样自由深入古村落
让每一片叶子开口说话
讲述塔加的前世今生
让我在这秋日的午后
佯装入睡
不去打扰任何事物的自由表达

48

晨雾扩散到村庄上空
像白色的哈达
迎来高原的吉祥圣洁

在百年藏庄

色彩织成诗行
装点最美的夏季
让短暂的芬芳，分散
到各个角落
伸出手，卓玛抓到
一大把花香
顺手就辫进发辫
浓密的头发就像垂泻的瀑布
诗人举起相机，拍下古村落
此刻的鲜活

49

高原的蓝天
清澈、生动
如婴儿的双眼
让尘世容不下的杂念
在此停歇
诗人无法掩盖的好奇
此刻，已闪现在睫毛间
转过身去
一眼是望不尽的诗意

向前，走进诗句中
那百年的奔波就在眼前

推开那丢失门扇的门
凄婉、孤独……
继而，沉默寡言
却保留着大家闺秀般的气韵
这或许是塔加祖先
灵魂深处藏有的气质
温婉而高贵

50

神秘的气息
散布在塔加村的各个角落
在外人看来
村民们的衣食住行
暗含着哲人的处世方式
尽管多年来
他们远离闹市
与山间的牛羊、花草为伴
将俗世的快乐简单定义
在这深山与峡谷间
以大半辈子的时光
坚守高原的人文情怀

51

在古村落

独酌一壶酒
足以让诗人放下羁绊

此时，塔加村的夜色
不再贫瘠与空洞
而是如空气一样
越往上越能感受到新鲜

诗人一抬头
便撞见北斗七星关切的目光
这或许是大自然的恩赐
马兰花将城市生活的急躁
卷进一阵微风中
再轻轻滑过我的面庞
所有的日子
不再那么匆忙

举起拳头，站立
于是，所有说过谎话的事物
低下了头
在羞愧中无法开口
躲在盛开的马兰花下
用泪清洗身体
踏歌而来，在雪山间

寻找吐蕃遗韵塔加村

52

世间万物，形态各异
身世始终是个谜
千亩马兰花下，是否存活着
保佑一方水土的诸神
诗人无从得知

却有种强烈的预感
顺着山脉起伏处
向上攀爬，或许能探寻到
蛛丝马迹

驰骋疆场的阿米仁青加
选择在此繁衍生息
以爱感染世间
唤醒干枯的事物
让万物成为媒人
或许是大自然的旨意

53

麦芒扫过臂膀
顺势倒下

泪水浸入伤口
疼痛具体到
针头、刀子的形状

流着汗的扎西
躲在粮仓哭泣
殊不知，婚事已随着麦子
进入粮仓
只等着秋收后的唢呐声

扎西跌跌撞撞，越过山川
呐喊、哭泣、奔跑
就怕，喜悦在一个
趔趄中——消融

村庄几十年来
难得的婚讯
最终在媒人的眼中
交换满仓的麦子后
尘埃落定

亲戚们，筹备的忙碌
不亚于荣耀
抡起袖子，挑选笔直的木头

搭起仓库的长凳

采撷四面山头的鲜花

甚至在墙头挂满物件

堆放出整个家族的喜庆

墙上的物件，盯着乐师

交头接耳交换着出生地

今夜宛若重生

54

塔加村的清秀与古朴

透过光影

散射在成片的马背上

胸中暗藏的诗句

遇见塔加数十处泉眼

便怦然心动

我捂住胸口

随时窥望泉眼处的词句

大步向前

探寻泉眼的神秘

富有韵律的泉水

清澈见底

这塔加珍藏百年的泉眼
一见到我就轻轻哼唱
那些属于百年藏庄的歌谣

吐蕃将军将他的驻地
丈量于心
而此时我以诗人的身份
打探、摸索，将古村落的历史
记在笔下
任凭雄鹰在诗句中
盘旋
守护着一座
名叫塔加的藏族村庄

55

圣洁的泉水
从无瑕的雪山脚下走来
将雪线以上罕见的欢喜
带到了人间

于是，万物在冰凌中
许下千万种诺言
等冰融化的一瞬
走进茂密的森林里

花儿绽放，鸟儿欢笑
所有的植物在大地上撒欢儿
跟春风玩起追迷藏
此时的草原就是它们的天堂
诗人已经无法用语言去描述

你看！
数十处泉眼，扑闪着眼睛
等待着前来打水的牧民
诗人迈出的步子越碎小
沉思就越深
白云深处的村庄
是否也有繁华的夜市？
喜怒哀乐是否也会行走在
大山的褶皱中？

山羊、牦牛以慵懒的脚步
行走在花草间
间接回答了我的疑问
让万物喜悦就是最好的生存方式
无论身处何地
睁开眼看到的欣喜
皆是良药
皆可医治世人看不见明天的眼睛

56

牧民们，隐去的爱
常在夜晚开始沸腾

两股力量在体内涌动
帐篷内，弯腰的动作
过于娴熟
彼此不分胜负
于是相拥而眠

孩子的啼哭声
悄然，闯入梦中
一声接着一声
在旷野穿梭
像极了无数走失的孩子
被遗忘
在深夜的呐喊声中
串联在一起，包围了牧场
等待黎明的营救

57

牧民的气息，在千里外
也有很高的辨识度

淳朴是一张通行证
正面印有出生时的追求
反面刻着对生死的淡然

牧民以移动的牧场为轴心
头戴牛毛皮制成的大圆帽子
以牦牛的气势——奔跑
誓死与生活搏斗到底
却注定与孤独的牛羊
相守到老

沧桑处，不胜言
彩色长筒靴子，留给
像狮子一样
雄壮且勇敢的子孙
以守护高原的安康

58

干涸、贫瘠，一望无际
牧民从小便熟知
这些冬牧场的符号

寒风驱赶马匹，嘶鸣声
比马蹄声更加响亮

吓得牛羊，急忙躲向山崖峭壁
唯有，卓玛的叹息声
留在了半空
冬牧场再广袤也难觅情郎

藏地秘境，夏牧场
遍地盛开的牛羊
与千亩马兰花争艳
与汹涌的黄河水赛跑
像一颗颗散落的珍珠
等待着主人的到来

宽广的夏牧场是牛羊的天堂
帐篷、牛羊、经幡
在千里外
是一种烟火气的象征
炊烟缭绕伸向天际

黑云低垂，乌云翻滚
卓玛赶着牦牛
离我而去
她不敢在诗人面前
轻易去猜
那场迁徙的具体细节

艰险的荒野生活
以及太多的遗憾
早已埋藏在祖先脚下

59

悠闲的山羊，醉卧草滩
偷藏属于这个季节的姹紫嫣红
让野花开遍山野，甚至指使它们
攀爬到我的梦中
哦！我是一个酷爱游走四方的诗人
我的脚印曾留在谁的牧场上？
并顺着挺拔的脊梁
寻找冬牧场的踪迹
转身，却遇见了雪山的圣洁

或许在黑帐篷中
传诵已久的神话
早已悄悄闯入我的梦境
忽近忽远
辗转多年，就像有情人再次相逢
满眼是初次相遇的场景
人生到底有多少个转场？
与惊喜相伴而行

酥油茶的香气
翻腾在冬牧场的上空
似乎在向大地传递喜讯
苍茫处还有人间烟火

酥油茶的滚烫
能消散牧民身上彻骨的凄寒
冬季牧民转场就是一次大迁徙
牧民们通过考验
又继续奔赴向往的草原
开始一场走向心灵深处的迁徙

60

微风吹过，马兰花海波浪万千
掀起衣襟，起舞
牦牛、山羊、蝈蝈……
早已在最丰饶的地方
搭建乐队，与千亩马兰花
尽情欢腾

它们多想抓住短暂的花期
在这高原的日月星辰中
留下婀娜的舞姿
以绽放的力量

装点这贫瘠的土地
或许，来年会开出更多的花朵
所有的惊喜都值得期待

你看！连风也不经意间
制造出浪漫
将姑娘胸前的辫子，荡漾在
扎西的肩膀上
等待一段美好姻缘的到来

61

鸿雁在左，江水在右
激荡不息的河流象征着爱情
借着青春的活力——奔腾
站立在生活的两端

有水流的地方就有生机
斜躺的马头琴
用音符演奏恋人怀中的温度
说不完的情话
早已被卓玛私藏于心
那些将要奔往心头的情歌
被草原的肩膀——扛起
送到黄河入海口

在雪山的脊梁之下
她壮起胆，将情歌里的秘密
顺着水流声
送往情郎的耳边
潺潺流水，窃窃私语
红尘是一张网
相信，终究会留住有情人

62

装满嘱咐的行囊
朝着家的方向用力

好儿郎在四方
回家吧
古老的村落足以
装下你所有的疲惫

四周，磅礴的山岭
犹如泥丸一般
塔加村像雄鹰展开双翅
等待游子的归来
老屋前依然留着几代人的思念
见证日月轮回的沧桑

卓玛将情话，秘密送往
情郎的耳边
难掩的笑容下，她多么渴望
一场好的姻缘得到亲人的祝福

乳白色的雾气在村口
隐约跳起舞
貌似女子甩起的水袖
迎来了日出
露水比泪水还要汹涌
在黎明前将所有的苦难
化为力量
袅袅上升，让千万朵花绽放
不让一朵花过早枯萎

63

梦中的誓言，随风而逝
扎西叫醒沉睡的“战马”
天亮前启程
收集最美的花语
为心爱的姑娘——卓玛
打下一片“江山”

回家的渴望，在高原之巅

比征服一座山的决心
还要大一些，却被刻意
隐藏在胸口

他跺一跺脚
试图，驱除体内
窜动的寒冷与繁杂
用洁净的双手
在海拔最高处挂起经幡
印满心愿，让山神为家乡祈祷

临走前，扎西还记得
飘雪的毡房
挡住了刻满歌谣的石头
却挡不住阿妈的泪水
启程吧！思念越深
脚步越沉，有些感情
不能再忽略

64

黑白相间的母牛
用细瘦的尾巴摇动夕阳

扎西弯腰捡起

粗劣的牛粪
填满背上的柳筐
绕过石板路
赶着一群牛，寻找水源

卓玛在泉边打水
一见他，咧嘴笑
笑容让草原瞬间沸腾
她头上缠的花格头巾
在青山绿水间复活了

造物主从不吝惜馈赠
数十处泉眼
在大地的血管中沸腾
此时受难的词句
在激流中勇进，将最后的
抒情送给泉水

65

牦牛——高原之舟
浑身是宝
爬山越岭，耐饥负重
从不抱怨
卓玛将一群牦牛赶向

集中剪毛的地方

壮年男子开始摩拳擦掌

大声吆喝着

或是壮胆，或是宣战

想象扳倒牦牛的姿势

牦牛冲进月牙形的牦牛阵

躲闪、前进、后退……

连贯的动作显得桀骜不驯

牦牛上下抖跳

剪一次毛比斗场牛更具有戏剧性

被扳倒的牦牛四蹄朝天

眼里是胜过雾气的茫然

66

樟木箱子刚好能藏起

分离好的牛绒

卓玛趁第一场雪

润泽高原之前

将所有梦中呢喃的梵音

穿进针线中

为心爱的扎西做件藏袍

一针一线寄托说不出口的情思

婚礼之时

佩带上宝刀的他会成为塔加村
像牦牛一样的男人

她用剩下的牛毛织成牛毛布
一匹匹拿来缝制黑帐篷
刚好能装下一家人的喜悦
听说要把牦牛骨
预留给未出生的孩子
让他从巴颜喀拉出发
带着高原的性格和青海花儿
走向四方

以后无论走到哪里
瞳孔会保留牦牛一样的野性

67

在一个叫作塔加的古村落
我与百年的物件成为朋友
它们用陌生的语言
从形状、大小、新旧……
一一交代出身与成长
百年的风霜对我敞开怀抱
将秘密和盘托出
悬挂在天空最明亮的一角

如此坦率，以朋友的身份

引领我去感知

古村落被柴米油盐

掩盖的往事

【第三章】

塔加：青海古村落

五

68

走进古村落

远比走进内心难

越具体的事物

一旦开始探究，就比峡谷

还要幽深

我试图克服内心的窘迫

驱车从日出抵达日落

让行走的步伐与光线同步

让诗句更加完整

选择在春夏秋冬

走进塔加村

想引导更多的意象

回忆起属于古村落的往事

远远看见塔加寺里的香火
弥漫在村口
从歪歪斜斜的小土路下去
滑动的山体比我早到一步
通往塔加的路被冲毁
或许是为了考验我
作为诗人的虔诚

69

走进塔加村
略显荒芜的石板路
从山底延伸，断断续续
像一位喘着粗气的老人
往山顶攀爬

一座远离城市的村庄
将心底的挣扎与矛盾
印在脚下
只有踏着脚印而来的人
才算真正走进古村落

而疯狂的探秘者
任由，汽车在沟壑里咆哮

倔强地与山间狭窄的小路
对峙!
被惊动的山神
伸了伸懒腰，让稀薄的氧气
挡住探秘者的目光
让他们望而却步
难以欣赏到沿途的壮美与雄奇

70

驱车来到这里
算是还原一场梦的场景
在虚实之间，路途比梦
还要遥远
敬畏心让我在千里外
绕着化隆
从地图上打探出
每家每户的姓名与喜好
似乎这里有我的故人
以目光里的安详、诚恳
等待我，一探究竟
走近些，让我隔着陡峭的山崖
再看看泉水、溪流与飞鸟
再学一句藏语问候这片土地

石头披着艳丽的色彩
刻意弱化身体坚硬的部分
将我挽留
在化隆的山头，我向下望去
诗句顺势——奔腾
像岩鸽、高原兔、麻雀、兀鹫……
一样灵动
暗藏在胸中
那些早已干枯的文字
在山水间有了新的活力
于是，生命中的两种状态
在此交汇
在这古村落中，文字寄托精神
将俗世的哀愁，幻化成
行走的欢乐
在柴米油盐间诉说
将百态的生活写进
一首可以传诵的诗中

71

夕阳下的古村落
从远处望去，像是依偎在布达拉宫的
怀中
曾经的门庭若市

早已被蜘蛛网覆盖
只留下清冷的背影

布满灰尘的走廊
局促低矮
走过历史浮沉
在一砖一瓦间遗留霸气

多年后，等来了诗人的探秘
那些遗留的物件
成了家族显赫的标志
它们作为古村落的证人
自由穿行在我的诗句中

古村落的楼梯
将院落分成两半
上层住人，谈天论地
思考粮食与哲学的命题
下层建造牲畜圈和杂用房
奠定物质基础

百年来，塔加的祖先无意间
拉近了心与青藏文化的距离
将奔放而不粗鄙，深沉而有韧性

的秉性留给子孙
将雄鹰的气势保存在头顶

72

塔加村每家每户门前
堆满柴禾

柴禾堆象征着家力
人们争着将柴禾码得
高过房顶
被码得厚大、排场的柴禾底子
足以证明家底雄厚

老村长戏说门口柴禾
摆放的整齐程度
成了检验塔加儿媳妇是否能干的标准

有一大垛柴禾的人家
将不再畏惧寒冬的降临

如今，闹市中的我们
无形中成了一堆柴禾
每个人都在等待
被点燃的时刻

日夜无休止的追逐后
唯有那么一瞬间
将光鲜无比
同时以落寞收尾
满地尽是灰烬

再回首，尽是叹息
人生就像棋盘
处处设局的人最先出局

73

“布达拉式”的建筑风格
成为祖先遗留给子孙
一种可以追忆的形式

如今遗留的**20**座民居
挤满了百年藏庄的过往
在遗留的残缺中向我讲述
塔加的过往

走进二层木楼
我像极了一位压寨夫人
想象着在楼顶
翻晒玫瑰，等待丈夫归来

这楼上究竟遗留了
多少女子的孤独?
谜底在无尽的孤独中

或许女子们，也曾隔空对话
在夜幕的掩护下
将多年的孤寂与煎熬说出口
茶马古道曲折蜿蜒
道不尽的沧桑宛如一幅古画
囊括人世间的起落
将说不出的话交给河流

泪水在枕头上
做下记号，每一滴都有名字
藏着无法诉说的故事
伤神的夜晚
唯有不舍离去的人
独自宣泄着情绪
太多的珍重，无法言说

74

走进传统藏族村落
尝试一种新的生活方式
惊喜在预期外

我开始模仿藏族人的生活
酣睡在土炕上
八十岁老妇悄悄给我盖上棉被
为我阻挡一切噪音
甚至一只小猫的叫声
她守护着我，正如守护着远归的女儿

清晨取三勺青稞面
按照才仁久丁的嘱咐
将白砂糖、酥油、曲拉、牛奶……
当成滚动的词语，在我的双手间
自由组合
搅、揉、捏……不连贯的动作
如贯穿在诗句间的符号
无声间富有节奏
揉捏数下，拧成的糌粑坨
正像一首写好的诗

糌粑养人
能吃到主人亲手做的糌粑
是多年修来的福分
掌纹暗藏人一生的运势
其中的大富大贵
不轻易示人

却在捏糌粑时结结实实
粘到糌粑上

老妇毫无保留地
将信任、福气、祝福赠予我
视我为亲密的人
分享一种福分

75

局促低矮的走廊
也曾留有吐蕃后裔的脚印
那些将军们
曾是撑起家族命脉的脊梁

吐蕃将军撑起塔加村的荣光
几代人的霸气与雄健
遗留在一砖一瓦间
如今被成年的子孙寻觅

行走在此，诗句不自觉
跳跃在走廊的花纹中
古老的故事让诗人
为村落着迷

此刻，行走在古村落
我想起阿琼的《渡口魂》
每段说不出口的话
最终会成为一坛老酒
等待有缘人，择吉日开启

76

昆仑山脉尾处的措柯山下
有一段神话
在我的家乡民和
老人们常绕着毛洞山的丰茂
讲述山另一边百年藏庄的传说

吐蕃将领和军队守卫边防
他们在那里繁衍生息
多年后他乡也成了家乡
我用陌生的语言去感知

这百年的风霜
——对我敞开胸怀
哦！远去的事物就让它远去
静静平躺，用心去呼吸
纵使每个颤动的瞬间
模糊而有深意

77

诵经声让山谷苏醒
恰恰证明殷勤的小鸟
整日的鸣叫
不合时宜，颇显聒噪

雄鹰绕着山谷转了三圈
特意前来敬献哈达
雄浑、谄媚、权威……
外界的猜疑总是带有煽动性
猜疑者往往刻意拉近
彼此的关系
而我想说，山谷藏有的秘密
只有山最清楚

78

顺着街口
收集万物的声音

诵经声，比清晨的鸟鸣声
更有禅意
千名僧侣讲经、辩经
在面孔上写下清净

对于修行者来说
唯有淡泊明志才能日行万里
在寺院内煨桑烧香
缭绕的烟雾正像人世间的心事

英雄格萨尔煨桑祭神
降妖除魔，换来
白云下的安定与祥和
自此，诸神闻到桑烟
便知人间安康

如果外界过于喧闹
那漂泊四海的游子
请试着回归

在塔加寺的钟声里
寻找宁静与恬淡
用自己的目光
感受生命赤诚的底色
在有限的光阴里
尝试以静的姿态展望
珍视每一次心跳

你看！前来朝拜的信众

转经、焚香、磕头……
在缭绕的俗世中
寻一条道路，以鲜花为旗帜
在河流与土地间
诵起了祈祷经
与依次磕头跪拜的信众
将烟火走成圆满

79

江河的乳汁
在孕育万物时从不刻意
关心出生地

天空以下，皆是祝福
屹立的雪山，闪烁清澈的眸子
将吉祥送往目光
所能触及的地方

河湟是我身上的印记
也是血液里的密码
从这里出发最终到达这里
是最好的归宿

若干年后作为诗人

携带笔墨前往遗忘之地
仿佛这里的山水在等待着
我的归来

80

不断迁徙，标志着游牧民族
将结束逐水草而居的生活
谁把神话藏匿于高峻的雪山之上
然后折断天梯，让探寻的人
在高原之巅一次次迷路？
在这多民族聚居的地区
无数文化挤进黄河
在波涛声中相互融合
我作为诗人
每一次回归故土
都是对地域文化新的探索
就让我从这无数条河流中
选择湟水，选择出生时
脚下流过的质朴

六

81

春耕仪式开始前

村民们秘密解读
梦中留下的提示语
甚至详细到语言发生的场景

深究梦境，似乎这样
可洞悉是否风调雨顺
甚至找寻到通往明天的道路

在古村落，人们习惯谈论星辰
抬头仰望便能
感知到梦的温度

心就像一颗星
熟悉高原的海拔与风向
在黑夜中闪烁

每个人都有各自的星
漆黑无法向前时
要勇敢放出星的光芒
照亮所走的每一步

古村落的长者说
不要轻易在自己的命运之上
堆放玫瑰或者香水

要紧握一粒种子在手中

谁不是在风浪之上
做生命的舵手
要时刻笃信自己的选择

82

清晨的鸟语
释放自然的灵性

在无限宇宙之中
谁还不想寻找
自由飞翔的理由？

成群白鸽栖落在古村落的房檐上
是一种吉兆
让人对当下充满希望

鸟鸣声，汇聚在一起
叫醒了古村落
将春的赞歌献给高原

塔加村男女老少的洗漱声
叫醒了第一缕阳光

春的序幕，让所有声响变得喜悦

高原春耕典礼
在古老传说中拉开序幕
年轻女子在镜前
描眉、擦粉、梳长发……
镜中藏有她们的青春
光束折射出独有的欢喜
羞涩的部分
早已被年轻的扎西珍藏于心

她们即将盛装
带着对土地的敬意
前往田间参加春耕仪式

83

破土春耕
古老的开耕仪式
让古村落又一次找到
属于自己的荣光

沿着历史的脉络
寻古觅今，村民们围绕
错落有致的民居

聚集在一起

开耕前
德高望重的老人
接过滚烫的奶茶
醇香的糌粑
细述开耕节的由来
自然、粮食与土地的神圣
挤满屋子的村民，眼神中
盛满对明天的向往

老村长仁青看卓
开怀大笑
将喜悦融进幽默的话语中
带领村民点燃柏枝
将柏香洒到开耕工具上
也洒到村民心中

为春耕典礼精选的两头耕牛
扛着木杠，后面接上辕犁
驮着种子走向田间地头
妇女们身着节日盛装，扛着榔头
紧随其后

84

沟壑交错

在塔加古老的土地上

以古老的“二牛抬杠”方式

唤醒沉睡的大地

男子们牵牛引路

扶犁吆喝、信手扬鞭

女子们用榔头平整土地

孩童在田间玩耍

劳动号子随着入土的第一粒种子响起

一场春雨后

生命将在这片土地上茂盛

群山、牦牛、经幡，在落雪中

见证春耕第一犁

似乎叫醒土地的是孩童的笑声

一声连着一声

在田间地头，托举起明天的太阳

塔加对面的山，在雪花中

发出微弱的光

光沿着升腾的气流向上

让古村落昨日重现

85

夏日，盛开的杜鹃

斜靠在风的翅膀上

翻过海拔 **4469** 米的拉脊山

沿着黄河水的清澈

一路驰行，在碧水丹山之间

踩着夕阳边，跳起舞

在山路两边的红色砂岩间

迷失了方向

殊不知，这是屹立在河湟谷地

风化水蚀终成的丹霞地貌

经年累月

在高原的滋养下

以泼墨大写意，描绘出

一幅属于青藏高原的壮丽画卷

并在筋骨间

刻下高原人的坚韧

顺着滔滔黄河，穿行而过

将这份壮美送到天涯海角

86

手中的糌粑

也是青稞地里的孩子

耐寒的青稞，攀爬到

雄鹰飞不到的地方

看望被积雪覆盖的拉脊山

古冰川地貌下

逐渐显露的神话

它们在人世间攀爬

在冰斗、角峰、刃脊间

讲述

亿万年日月的精华

你看！拉脊山横架

在湟水谷地与黄河谷地间

一挥手，万亩油菜花

为土地换上嫁衣

盛开的杜鹃，在群山间

充当乐师的角色

吹响唢呐

黄河便带着喜讯，奔腾
将赞歌献给谷地所有的劳作者

87

成熟的青稞
将收获的喜悦
结结实实悬挂在枝头
将真实的讯息传递给大地
任凭风雷怎么摧残
都无法让它开口说出
坚守到底的缘由
而当诗人走近田野旁时
青稞却使劲儿跺脚
那是喜悦中的呐喊
更是多年的期盼
我能听到高原的青稞
亲口召唤
远道而来的诗人
你看！大地淳朴的守候者
将心底的抒情歌唱给
远方的游子

88

一束光，拖着我

前往老街口更深处
探秘百年藏庄

身着藏袍的少女
以笑引路
艳丽的服饰已织成诗行
装点最美的夏季
让短暂的芬芳，分散
到打麦场

你看！塔加的劳作方式
多像一首诗
打麦、打青稞、晒麦捆
以古村落最原始的闲适与自由
将诗意安放在塔加的上空

行走在老街口
正如诗句在白纸上
一行接着一行流淌
当热忱与才华汇聚在一起
我使劲儿将视线
推往远处
生怕句中的气息瞬间断裂

远一些，在散落的暮光下

古村落像一幅油画

静止的气息

开始在画面中流动

你瞧！打麦场上

妻子正在呼唤远行的丈夫

那叫声比青稞还要饱满

生动的场景让我想起了

一场初雪

覆盖村庄的模样

89

被雪覆盖过的符号

在拉脊山，起伏的山势中

蜿蜒曲折

留下各自的属性

犹如一条丝带

环绕在山的平坦处

等待傲然挺立的一刻

那一刻，壮美辽阔的大西北

将迎来最勇敢的探险者

驻扎在高原的腹地

头顶蓝天，将心底的祈祷

装进最纯净的哈达中
为远方亲人送去吉祥如意
拉脊山，多变的景色
足以让探险者一饱眼福
这种地形带来的惊喜
往往在意料之外
雾气、骄阳、阴云……
多变的天气就像心爱女子的脸
无论哪一面，都甚好看

90

踏歌而来，在雪山间
寻一处宁静
埋下心底的疑虑

群山的轮廓
倒映在河流中
流进古老的村庄
滋养着青枝绿叶长成
参天大树，替古村落抵挡风雨

雪花纷飞的时节
老人总会读起远方儿女
捎来的书信

在字迹中寻找孩子们的气息
他坚信，此刻挣扎于太阳下
并不可耻
因为击退一切困难
高原最美的雪莲花才会绽放

91

高原的天气
像极了叛逆的孩子
自由转换阴晴
用最直白的方式袒露内心

钟情的物件
不会轻易开口说话
却能在无声间
留下无数令人感动的瞬间

青春不会在太阳下停歇
你瞧！卓玛舞出的激情
比升腾的火焰还要高
相信谁都不曾追问
是否留有遗憾

闭着眼，走过坎坷

将说不出的委屈留给终点
是否要原谅洪水猛兽
到达山顶后，不再是困扰
太阳下，更适合感谢
选择做勇者的自己

92

一场雪后，故乡不再遥远
蔚蓝的天空衬托着哈达
那飘动的金黄，瞬间激起
高原大地的热情
蝴蝶、蜻蜓、蜜蜂……已围成一圈
跳起了锅庄舞
雪山脚下，歌声起伏
纷飞的乡愁已藏进雪花中
沿着巴颜喀拉飘向
我出生的小村庄
以游子的名义滋润故乡的草木
百草丰茂、蝴蝶纷飞的时节
鹰会在长空等待着
像我这样远归的孩子

93

蝴蝶落在眼角

美好的事物总会在梦中相遇

石块在烈日的暴晒下

不断变换睡姿

幻想能有云为它遮阳

哦！这天真的想法

在此颇显荒谬

而我呢？远道而来的诗人

沿着塔加村的庄廓走

寻找自己的乡愁

它躲在哪里了？

是在断裂的词汇间躲闪

还是在已出口的诗句间徘徊？

只看到虔诚的信众

笃定地行走

走一步，离心更近

迎面而来的老妇

哭红了双眼

试问手中的转经筒

祈祷有多深

才能与想念的人相见？

94

雾气弥漫，分散的牛羊

开始聚拢

在草地上咀嚼高原
等待一位诗人的到来
见我走来
领头羊，懒洋洋地试探我
刻意隐藏对于外来者的警惕心

在这里，万物皆是路标
羊群熟知阴坡、阳坡
哪一面的虫草长得更加茁壮
牦牛也会用一泡牛粪
掩护一根虫草
这里的万物在食物链的一端
生长的速度高出了欲望
却极力守护这片无瑕的大地

95

有些幸福躲在
海拔 5000 米左右的山上
那些匍匐在山上，倾听
大山心跳的人才能获得
如此有高度的幸福

偏僻的乡下
这种幸福吸引着无数

匍匐在路上的人
他们的梦想相对具体
衣、食、住、行更像四肢
一样都不能缺少

于是，男女老少起早贪黑
匍匐在雪山草地间
心脏贴近地面，不敢走神
以心底最赤诚的跳动
去寻找稀少、珍贵的虫草
在贫苦与落后中
他们坚信抓不稳的幸福
掉落了又有什么关系
于是埋头去找寻
那些看得见的幸福

96

冬虫夏草菌与蝙蝠蛾科幼虫
相爱的复合体
是高寒地带的圣物
躲避，挖掘者
漫山遍野的搜寻

虫草的自尊跟人一样

自由呼吸，睁眼看世界
却往往在奔波的雨滴中结束
短暂的幻想

万物相克，虫草肯定不知道
它的价值不在交易市场
而在变卖它的家庭
又送家里的一位小孩
走向求知之路

这才是价值的最高体现
于是，虫草的地位难以撼动
诗人俯视大地
相信当美好的事物相遇
万物的价值才会不断增大

97

高原红，属于大地的颜色
从滚烫的血液里渗出
吉祥的色彩是胎记
印有高原人的
坚守与自信
高原红甚至比血液
以更快的速度——出发

站在雄鹰的翅膀上
越过高原、冰川、河流
怀揣着阿妈的嘱咐
飞往遥远的地方

98

扎西的诞生
如烟囱上裂开的一团烟
热烈而喜庆

一声啼哭
比煮沸的酥油茶
还要滚烫
比牛羊的叫声还要响亮

雪山下，他的诞生
给整个古村落带来吉祥
阿爸端上来的酥油茶
飘着花的喜庆

桑杰叫醒沉睡的女儿
让她们穿上精美藏装
在盛大的节日中
成为塔加村最美的舞者

戴上红色流苏大帽

佩戴华贵首饰

在摇摆的舞姿间

蜕变成新的传承人

长腰刀、马鞭、小刀……

凡是舞蹈所用的道具

在桑杰的目光中

以后皆能成为路上的伴侣

带着歌舞走向四方

定能遇到更多的朋友

塔加村的乡亲们

在篝火旁舞出迎接

新生命的喜庆

欢快而有力量的舞蹈

象征着生活好的开端

99

桑杰想起童年的快乐

具体而短暂

挖蕨麻似乎成了淘气的孩子

从风的嘴中，抢夺

食物的一个举动

饱满的粒状蕨麻憋着气
在黑土下偷窥孩子们
像极了在玩捉迷藏
滑稽而天真

在太阳的影子下，孩子们
不再惧怕
风的力度与土的厚度
三三两两围着土堆寻找蕨麻
有时偷吃了过量的蕨麻
嗓子会发出风的呼啸声
带着打闹、奔跑的孩子们
争做风的守护者
也会在田间地头跳起锅庄舞
与风进行天地间的对话

100

卓玛梳起的两根粗辫子
隐藏了年龄
她佯装出少女的羞涩
在高原的花海间尽情舞蹈
粗辫子，在脊背上晃荡
时而轻，时而重
引来彩蝶争相斗艳

过剩的香气

引来唐卡画师

他误以为是太阳恩赐的颜料

却不知

遇见了梦中卓玛

他的双眼寻找

藏在大自然的色彩

色彩却奖励了他一份姻缘

爱情不分迟早

情浓之时最真切

据说，读懂唐卡

就读懂了藏族人的眼神

101

横劈夕阳，一分为二

一半留给旷野

一半留给孤独

晒太阳的老妇

斜靠在夕阳的肩膀上

两眼微闭

静听风中夹杂的喧嚣

似乎风里写满了她

三十年前的人生轨迹

老人除了守候
仅剩满目的萧然

叹口气，掏出压在
箱底的话
将三十年的光阴
来回翻晒、打量

梦中的她
像个犯了错的孩子
不小心将滚滚长江
弄脏了

梦醒后，群山的轮廓
在她眼前瞬间变小
来不及沉思
老人便睁眼、闭眼
渐渐在夕阳中入眠
那是三十年的等待

等待一个答案
有时一句话比巨石还沉重

找不到一杆秤去衡量

102

挖掘机推倒老房子

乡愁瞬间从心头跌落

隔着高原的肌肤

能清晰感知落地的沉痛

数不清的泪水随之扑来

迎来无尽的遗憾

一刻比一刻冰冷

现代机械缺乏情感

勇往直前，奔赴未来

不懂俗世的温情

殊不知，对一代代人来说

老房子脚下连着故土

每寸土地写满守候

就连房顶的那朵云

也是故土对游子的牵挂

沉甸甸的乡愁

在心头摇曳

像极了小时候的我

慌乱间，奔跑着、哭泣着

看到一片秋叶，迅速
写下自己的名字
让凋零的叶子来年化作春雨时
记住故乡的符号

远去的事物，并非远去
携带的基因将故乡
镌刻在每个入海口处
水流到哪里，故乡就到了哪里

103

在乡下，人们争相盖房子
故土之上，房子成了体面
与自尊的象征

一座庄廓一条根
根下埋着祖先的遗训
若人丁兴旺
子孙将不再惧怕疾病到来
所谓福气，不过是儿孙满堂
在乡下我看到了，岁月与人
互不饶恕的面貌

想象一种氛围

让我离故土更近一步
拥有一座庄廓
刚好容纳我所有的抒情

104

泉水旁嬉闹的孩童
脸颊布满童真
姐弟俩唱着童谣
各背起一桶水
爬上坡，沿着小土路
朝着家的方向使劲儿
只留下黑色与红色的小点
来回在小土路上晃动

每个婴儿的诞生
都是恩赐
也是命运埋下的玄机
从这条街口走出去
孩子们，将会看到
命运预留的诸多惊喜

105

守候在家的父母
已年迈

日渐苍白的头发串成珍珠项链
一头连在心上
另一头连在孩子身上

站在老街口
回望、徘徊、默念……
将心底的思念
结结实实刻在街口
期望下一个走出街口的人
将他们攒在心窝里的话带给自己的孩子

106

从老街口走出的孩子
闯荡到天南海北

低头——说不清的乡愁
飘浮于容颜之上
抬头——又是谁的乡愁
躲进白云深处的村庄?
人世间，各自的乡愁到底
相距多远?
是隔着街市的灯火与喧闹?
还是缠绕在孩童的嬉闹声
与啼哭声中?

回家的欲望
从心头一点点攀爬
占据了整个瞳孔
近看都是家的模样
乡愁升腾成烟火味
悄悄探出头来
化作一束等待燃烧的火焰

再多艰辛也要回家
沿着老街口望去
有家人的召唤
回家团聚才是最终的归宿

酥油茶的醇香
掺杂着一种乡愁
或许，只有流浪的艺人
才懂山的忧愁
将山间天神的悄悄话
讲给聆听大地的孩子
飘进梦里的远古传说
是乡愁重现的一种方式
让自己离出生地更近一些

107

酥油茶是一块活化石
金灿灿站立在雪域之上
村庄
在一壶浓酽的酥油茶中
一不小心现出了原形
浅显皱纹之上的银丝
轻盈如彩蝶
在老阿妈松弛的肌肤上
刻下岁月的爪牙

夕阳西下，马队驮着
酥油茶
叮叮当当穿过村庄
走向集市
牛羊在白云的腹部
学着牧羊人的姿势——穿行
在沃土之上

想当年，痛饮青稞酒
争做高原的守护者
如今，却想在一碗酥油茶中
品味古朴之美

108

酣睡是秋日的恩赐
从飞鸟走兽走向诗情画意

在古村落，不知名的小猫
靠在我的双腿上
与我守候彼此疲惫的影子
似乎它更明白一花一世界
留在古村落的禅意
也懂得探秘者足下
无声的柔情

世间万物
终在相互的试探中
靠近彼此，惺惺相惜
在温情中，坚硬的拳头
也能微笑成莲花状
接纳世间看得见的残缺

高原之秋，来得如此焦急
我笔下的文字飞向窗外
裸臂的男子从马背飞驰而下
像极了铅色的风

我与他席地而坐，一杯酒

敬山下的路

此时，那些攀爬过的

弯曲与陡峭，瞬间变得伟岸

我书中的诗句驻扎于此

守护着塔加这个古老的村落

将圆满与欢乐，留给俗世的探秘者

【诗评】

回到塔加

——评马文秀的长诗《老街口》

布日古德

青年诗人马文秀是一位潜入人文历史领域的探秘者。在这一领域里探秘，不单需要涉猎知识，还要行万里路，因此在探秘者的目光里，发现便是永恒的主题。近两年来，由于诗文的交流，我和马文秀的“网来”逐渐多了起来。马文秀的诗透明度高，有养分，我能读进去，也能读懂，这便是国内外读者，特别是我对她及她的诗认可的原因之一——至少，她已经成为我学习的偶像。马文秀经常给我发一些她新创作的组诗，我是第一位读者，从我先前写过关于她及她的诗的一些评论来看，我应该是她信赖的忠实粉丝和读者。

不久前，文秀嘱托我，当她走完了青海化隆最有意思的藏庄塔加，创作一部主题长诗，我一定要给她写一篇评论，我爽快地答应了。其实我与文秀没有可比性，她是诗歌这一片星空中的新星，属于语言清新亮丽、意境超凡脱俗、格调高雅的诗之新生代；而我是蜗牛一样的老朽。尽管“文无第一，武无第二”，诗歌还是永远属于后来人的。因此，我带着文秀交给我的这个“任务”，回到塔加，走进了百年藏庄。

一块石头的传说和一支驼队

如果一位诗人深入一座传统村落去探秘，那么他必须具备穿越时空隧道、解读历史的本领：首先要具备司马迁撰写《史记》一般的坚韧品质；其次要具备“弱水三千，只取一瓢饮”的专一态度；再就是要能还原历史的本来面目，在历史这个巨人身上抽一根肋骨或者取一颗牙齿，立此存照，是要付出代价的。显然，这些都是马文秀的强项。通读两遍她的长诗《老街口》后，我想到了藏庄的一片石头和一支驼队。一块石头和一支驼队没有必然的联系，但是，恰恰在塔加这一个古老的藏庄，它们的命运被捆绑在一起——驼队的使命就是让这块石头在天地间永恒，记住历史上一支军队是如何像这块石头一样，跟着500峰骆驼跨过千难万险，驻扎于此，断守于此。能说清楚这一段历史的，只有这一块石头。是啊，“历史的夹缝，杂草丛生”，我们只能沿着马文秀开辟出的这一条道路踏上这一片土地，迈进老街口，走进塔加，跟着她敲响新时代中国梦的钟声。显然，马文秀的长诗具备了回应历史的功效，是她把这块石头放在了藏庄的胸口，并为它戴上一朵古朴而凝重的小花。

历史不是笑话，尊重历史，才能展望未来。长诗《老街口》开篇定位于藏庄的一块石头、一支驼队，这是诗人拨开藏庄过往云烟的关键，是藏庄生命的核心。

“迁徙的使命/印在阿米仁青加的额头。”阿米仁青加在诗人的笔下气势非凡、栩栩如生：“他跨上马背/紧握缰绳/旋风般的铁蹄/踩着鹰的足迹驰骋于苍穹/奔波天地间//汇集日月与尘土间的精华/此时，透过彼此的光芒/将爱映射到花草树木间//此处的山水透亮无比/那就在这北纬选一处/繁衍之地/放下所有的遗憾//天亮前，让尘世的烦扰/从子孙脚下滑过/等到他们一睁眼/便可享受到化隆山水/给予的恩泽//英雄的奔波/掠过火焰，闪现诗意/诗句中起伏的情绪/记录了他们的行迹//数年的迁徙，就此停下吧！/就算是在太阳落山前给自己/最好的回答。”这一段诗，便是马文秀《老街口》这部长诗的压缸石。

在现实社会，回到塔加，站在一座石头山上，仰望蓝天，放眼草原，我们会看到历史和现实时常是矛盾的，又总是在风雨中衔接得那么紧密。当然，我们希望历史有一段罅隙，这样我们就可以在历史的长河中打捞出更有含金量的“国宝级文物”。

马文秀的《老街口》用清新亮丽的语言、超凡脱俗的意境，挖掘出一个险些被历史遗忘的角落以及这里的地域特色、风土人情。这得益于以下三点：一是诗人的责任感，二是诗人的使命感，三是诗人独到的题材选取角度。因此，写这样一部长诗，在我看来，诗人马文秀早已胸有成竹。《老街口》这部长诗的完成，标志着诗人马文秀驾驭历史题材的能力又上了一个新台阶。

回到塔加，进入历史的某一条隧道，我们所惊奇、慨叹的是什么？《老街口》给了你一个很好的答案。值得指出的是，诗人不是被安排在某一个特定场合的文旅局讲解员，诗人围绕藏庄的人物、石头、骆驼等不死的生命，通过场景的变换，用诗歌的语言记录下藏庄的历史和今天。

一根拴马桩和一束跳动的蓝色火焰

藏族人和蒙古族人一样，无论多远多辽阔的草原，拴马桩都是他们在迁徙中最舍不得丢弃的生命之柱。无论到哪，逐水草而居的民族第一件事就是在居住地钉一根拴马桩，再从河边捡回石头垒成简易的灶台，取一些河里的水，用干牛粪或胡杨枝点燃蓝色的火苗，开始新的生活。长诗《老街口》一再凸显古老的物件拴马桩，诗人的眼光精准、独到，可见采风已经达到了“三贴近”的要求。诗人特别形象、特别有生活感地描述道：“在百年藏庄/色彩织成诗行/装点最美的夏季/让短暂的芬芳，分散/到各个角落/伸出手，卓玛抓到/一大把花香/顺手就辫进发辫/浓密的头发就像垂泻的瀑布。”至此，一束跳动的蓝色火焰终于烤制出一张通行证——“淳朴是一张通行证/正面印有出生时的追求/反面刻着对生死的淡然”——“一座远离城市的村庄/将心底的挣扎与矛盾/印在脚下/只有踏着脚印而来的人/才算真正走进古村落”。

卓玛，是藏族人崇拜的一位女神，所以他们常常给自家的女孩子起名为“卓玛”，希望自己的女儿像卓玛那样受人尊重，像花朵那样美丽。卓玛、扎西、格萨尔，青稞、糌粑、拉脊山在诗人笔下一出现，就把长诗的地域性、民族风彻底地表现出来。

“凡诗之言，善者可以感发人之善心，恶者可以惩创人之逸志。”《老街口》这部长诗展现的一组组风情画，便是诗人马文秀独家挖掘的成果。长诗《老街口》通过或长或短的章节、灵动清秀的语言、跳跃式的叙述形式，把百年藏庄塔加村清晰地展现在读者面前。跟随一束跳动的蓝色火焰，让我们一起回到青藏高原，一起感受塔加古朴凝重的原生态文化。

一部长诗和一部叙事诗的区别

从《老街口》来看，马文秀的长诗明显突破了传统叙事诗的套路，即突破了纯叙事、描写夹叙事的表述模式，她的长诗如卓玛的长辫子一般飘逸。

马文秀的长诗虽取材于历史，但并不是简单地复述历史，单纯地讲故事。首先，突破了叙事诗的“叙事观”，重点不是讲故事、讲情节，而是讲传承；其次，诗人选取的意象通常是一些有民族情结的老物件，它们都是一个民族历史的见证者；再者，长诗像钢琴上跳动的音符，“乐而不淫，哀而不伤”，平缓起步，节奏鲜明，一点一点到达情感的高潮。

马文秀的长诗《老街口》“感于物而动”最大的突破在于虚实结合、历史和现实的视角转换自如，没有“断片”和瑕疵。比如，“老房子脚下连着故土/每寸土地写满守候/就连房顶的那朵云/也是故土对游子的牵挂//沉甸甸的乡愁/在心头摇曳/像极了小时候的我/慌乱间，奔跑着、哭泣着/看到一片秋叶，迅速/写下自己的名字/让凋零的叶子来年化作春雨时/记住故乡的符号”。“你看！前来朝拜的信众/转经、焚香、磕头……/在缭绕的俗世中/寻一条道路，以鲜花为旗帜/在河流与土地间/诵起了祈祷经/与依次磕头跪拜的信众/将烟火走成圆满”。这两段诗有描写、有叙事，有担忧、有展望。可以说，马文秀的《老街口》已经突破了长篇叙事诗的封锁线，领先走进一个诗歌的新时代。

生活是创作的源泉。马文秀的诗生活气息浓重。读了马文秀的长诗《老街口》后，我有如下体会：一是，俗话说“读万卷书不如行万里路”，“读”的感知和“行”的感知有别，“读”凭的是想象，“行”是真真切切地感受。二是，她善于从生活中汲取养分，尤为关注地域性、民族风。三是，格调高雅的诗歌，无论长短，只要透明度好，就能有大批大批的读者。只有扎扎实实地沉下心，才能找到创作的源头活水。

通过几年来与马文秀的“网来”和交流，我对“活到老学到老”深有感触。和长诗《老街口》有了一个月的零距离接触后，我的梦中也出现了藏庄塔加、拴马桩、卓玛、扎西、高原鹰、藏族蓝。《老街口》是改革开放以来我读到的一部极好的长诗，我对其爱不释手。

虽然马文秀还算不上新时期长诗创作的领军人，但是我认为她的长诗已经有了属于自己的风格。我以为，马文秀的长诗《老街口》的问世，至少填补了改革开放四十多年来新生代诗人长诗创作之空白。

2019-10-29 哈尔滨

现代长诗创作的新收获

——评马文秀新作《老街口》

乔延凤

马文秀是一位有潜力的回族女青年，她的文学创作已呈现出多方位的立体图景，尤其在小说和诗歌领域有不菲的实绩。即将出版的现代长诗《老街口》，是她最新的创作成果。

这部长诗，以百年藏庄的保护与藏文化的传承为主旨。诗人深入藏庄体验生活，探寻藏民族的历史文化内涵，以现代诗的形式，再现了青海化隆塔加村的历史与现实风貌。

塔加村是一座即将消失的藏族古村落。

一千多年前，吐蕃军队的后裔在阿米仁青加将军的带领下，从西藏迁徙到化隆，落地生根。史载，塔加村是迎接唐代文成公主进藏的重要一站，古丝绸之路南道的繁荣离不开这里。

这部长诗以少数民族文化和塔加村扶贫成效为切入点，以一个少数民族诗人的眼光去看另一个少数民族的发展变化；以诗人的亲身经历、体验为基础，探讨现代人如何诗性地寻找历史赋予传统村落的深厚文化内涵。

读完这部长诗，我获得了不一般的艺术享受，受到了一次大自然的洗礼和人文人情的熏陶。

一、走进现代长诗《老街口》

我们不妨从领略该长诗的部分章节入手，走进它的缤纷世界。

这部长诗由序诗和一、二、三章组成。序诗是这部长诗的纲领，第三章是这部长诗的主体。

序诗《探秘百年藏庄》

序诗一开始就把人们带进一个诗意的世界：

> 宿命中早已注定/我与百年藏庄相遇//传说中藏在白云深处的藏庄

藏庄的“藏”与藏身的“藏”，同字不同音，这里巧妙地用在了一起：藏庄藏在白云深处。

> 远在视线以外/透过飘动的五彩经幡/望去，令人心驰神往/近在嬉闹孩童，闪耀着高原红/与羞涩的脸颊上

“五彩经幡”，标志性的地域风物；“高原红”，藏区儿童面颜的特征；“羞涩”，儿童的神情。有人有景，情境自然就出来了。

> 穿行在泛红的土壤间/碎小的步子/已连成云的形状/我下定决心，在太阳落山前/寻找属于塔加的图腾//在这山脉连绵处/新的意象遇见诗人/神秘挤进，未出口的诗句中/溪流声、鸟鸣声、诵经声、嬉闹声……/争相组成惊喜的诗句/相互打闹，窃窃私语/却在冥冥之中/无比清晰地引导我/以诗人的胸襟/走进塔加村，这即将消失的古村落

“新的意象遇见诗人/神秘挤进，未出口的诗句中。”实际上是诗人的脑中有了新的意象，主观精神客体化形成的意象又被“拟人”了——挤进了诗人“未出口的诗句中”。

这部现代长诗，就是以与传统表达不一样的方式进入读者视野的。

“穿行在泛红的土壤间/碎小的步子/已连成云的形状。”步子连成云的形状，云是轻盈的，将轻快的行走表现出来。“步子”“云”及“溪流声、鸟鸣声、诵经声、嬉闹声”都染上了诗人的主观色彩。

这一段诗呈现出了缤纷的色彩。这是诗的语言，是主客观相统一的文学的语言。

“即将消失的古村落”，则将保护古村落、保护藏文化的主旨点了出来。

> 村口的巨石/扮成传达神谕的女祭司/将百年的过往，藏在/一阵龙卷风中/秘密送进我的目光中//相信总有一天/百年古村落会在我的诗句中傲立/在一碗烈酒中/将喉咙处的焦虑，一饮而尽/在一个手势中让万物苏醒/迎接我这书写大地的游子

入村之始，饮接风酒。

把见到村口巨石和饮酒时的感觉细致表达出来。

“村口的巨石/扮成传达神谕的女祭司”，这巨石给人神秘感；“龙卷风”喻此情此景下“我”情感的巨大波动；“在一个手势中让万物苏醒/迎接我这书写大地的游子”，塔加村民欢迎“我”的手势，就像让万物复苏的春风，温暖了远道而来的“我”。

> 传说中那块从西藏/驮运而来的石头/傲然挺立，以将军的身份/

驻守塔加村/将喜怒哀乐一一记述

村口的巨石，从西藏驮运而来，这巨石是引领大迁徙的将军的化身，它“驻守”在塔加村，见证了这里的喜怒哀乐。

甚至具体到父辈迁徙时身上/所携带土壤的颜色/以及坐骑的品种//它与我对视的瞬间/目光中的语言/时刻准备夺眶而出/关于村庄的史诗/除了仅存的史料外/它们有太多的悄悄话要跟我讲/彻夜长谈都不足为奇//每家每户的老物件/闻讯赶来/争先恐后交代着各自的身世/只为后辈在我笔墨纵横处/寻找到祖先的遗迹

写大迁徙的先辈写就了这座村庄的史诗。

“土壤的颜色”“坐骑的品种”，这些细微的描写表达了迁徙的先辈对原来栖居地难舍难别的感情。

“目光中的语言”，有意蕴的语言没有说出来，借助目光让人领会。

“仅存的史料”“每家每户的老物件”，就是“我”写这部长诗的基础与依据。

这些诗的语言，满是作者富于个性的创造。

行走在沟壑处/我抬起头/寻找长者眼中的乡愁/或许，布满额头的皱纹/能讲述那场无法预知的迁徙

“我”在塔加村行走，向额头布满皱纹的长者寻访，寻找他们的乡愁，或许他们能讲述那场大迁徙。

她说，塔加是以一百匹马来命名的/在这块风水宝地中/六畜之首象征着兴旺/同样预示着子孙后代的健硕、英勇/驰骋在马背上，没有逮不到的猎物/谈笑间，过去的荣光/隐现于她的眉目间//吐蕃

后裔无法预知的迁徙/顷刻间，在几代老妇的眉宇间/隐现出千年的命脉//脚底是褐色的岩石/斜照的夕阳比新娘的唇色/还要妖艳/此时，只有老妇们的着装/原始、朴素，能入诗、入心/亦能入梦

这三节写长者讲述先祖迁徙，是“我”寻访塔加村老妇们的实记。“塔加是以一百匹马来命名的。”第一节，先向藏族老妇询问塔加村名的来历，“她”详细回答了。“驰骋在马背上，没有逮不到的猎物”，盛赞子孙后代神勇。第二节，询问大迁徙。“几代老妇”，表明被“我”询问的老妇年龄差较大，她们说出了代代相传的塔加村的“命脉”，即传承千年的历史。第三节，写藏文化。“脚底是褐色的岩石/斜照的夕阳比新娘的唇色/还要妖艳/此时，只有老妇们的着装/原始、朴素，能入诗、入心/亦能入梦”，色彩鲜明，比照强烈，用老妇们的着装表现藏文化的特质；“能入诗、入心/亦能入梦”，言感受极深。

这些表述、描绘，形象生动，充满情感。

历史的夹缝，杂草丛生/宿命中的相逢/却以梦境的形式命定我//按着神的指引/以荆棘为墨，探秘百年藏庄/在诗句中，寻找千亩/马兰花的风采

“历史的夹缝，杂草丛生。”“夹缝”，喻朝代交替之际；以“杂草丛生”喻指塔加村也经历过兵荒马乱的时期，而“我”寻找的就是这个村落在乱世中生存的顽强意志力。

在先祖阿米仁青加的指引下/那500峰未命名的骆驼/以将军的气势/在蛮荒行进/与山石为伴/守护着粮草前行/拒绝落日的挽留/将行走的勇气刻于脚下//驼峰一颤，离夕阳更近/头顶的火烧云/将这段迁徙的艰辛/绘制在苍穹之上/历经风霜/不停地在星辰下寻求答

案//终于，多情的火烧云/环抱塔加村时/英雄找到了一个好归宿//历史比风雷迅疾/却以日月星辰的智慧，选定/这样一个经纬度/在塔加村的上空，播撒/奇异的种子/让千万种花盛开/摆出心底的“吉祥如意”/迎接进藏的文成公主/甚至精心安排/可靠的意象组成守护神/守护这条丝绸之路的南道//宿命中的奔波，在一座/村庄有了答案

此段写了大迁徙的艰难历程，写了塔加村的历史与荣光。

先祖阿米仁青加率众大迁徙至今天的塔加村，位于古丝绸之路南道的塔加村是迎接进藏的唐文成公主的重要一站，这些都有史料可考。

“与山石为伴/守护着粮草前行”，这是大迁徙中的一个特写，“山石”为伏笔，以后将多次提到。

“驼峰一颤，离夕阳更近/头顶的火烧云/将这段迁徙的艰辛/绘制在苍穹之上/历经风霜/不停地在星辰下寻求答案//终于，多情的火烧云/环抱塔加村时/英雄找到了一个好归宿。”“驼峰”“夕阳”，也是特写。“火烧云”见证了这场迁徙，又多情地环抱着塔加村，拟人，以天象示天意，诗意、神话色彩都出来了。大迁徙的结束，被写得绘声绘色、光彩灵动。

序诗以精练的语言，将长诗的主题简要地概括出来，起到了提纲挈领的作用。

下面是主体部分。

主体部分共三章，一章紧扣一章。

第一章《迁徙：祖先预留给勇者的勋章》

此章具体写大迁徙。

属于沙漠的图腾——骆驼/带着先祖阿米仁青加/这位“最后”的吐蕃大将/在沙漠戈壁间/走出心中的那片绿洲

穿越沙漠戈壁，“走出心中的那片绿洲”，先祖的大迁徙就是一场寻找沙漠绿洲，寻找幸福、理想之旅。

沙漠尽头，他转身/听到天空的挽留/不禁，轻叹一声：/挣扎、奔波、劳苦、欢乐……/这些迁徙的符号/不也正是所有出生与死亡/最美的诠释吗？//沙漠之舟也曾是一条/流淌战士热血的长河/而今天却被烧成/一片火烧云的形状/奔腾、奔腾，纵使千万滴汗珠汹涌/也不及被淹没的马蹄声

连天都在叹息，足见大迁徙的艰辛。

“沙漠之舟也曾是一条/流淌战士热血的长河”，写大迁徙用时长，付出巨大。被烧成“一片火烧云的形状”，将沙漠将尽的情景写了出来：一早一晚，火烧云都会布满四面低空。

选择“火烧云”这个物象来表达迁徙者对大迁徙顺利结束的期盼之情，十分贴切，因为它预示着吉祥。“火烧云”融入了作者的主观感情，这一物象是主观精神客体化的选择。

迁徙的使命/印在阿米仁青加的额头//试想，他跨上马背/紧握缰绳/旋风般的铁蹄/踩着鹰的足迹驰骋于苍穹/奔波天地间//汇集日月与尘土间的精华/此时，透过彼此的光芒/将爱映射到花草树木间//此处的山水透亮无比/那就在这北纬选一处/繁衍之地/放下所有的遗憾/天亮前，让尘世的烦扰/从子孙脚下滑过/等到他们一睁眼/便可享受到化隆山水/给予的恩泽//英雄的奔波/掠过火焰，闪现诗意/诗句中起伏的情绪/记录了他们的行迹//数年的迁徙，就此停下吧！/就算是在太阳落山前给自己/最好的回答

继续前进。

“迁徙的使命”印在额头，言永志不忘。“跨上”“紧握”，动作描写，对先祖阿米仁青加的刻画极其传神。

这一“繁衍之地”，就是“山水化隆”。

“光芒”“透亮”等词，同样是主观精神客体化的准确选择。

> 阿米仁青加翻腾在马背上/一抬头，瞥见了/踩着火烧云而来的祥瑞//沃土何在？只在马蹄下/他对准火烧云，踩了踩脚/山水化隆，宝地也/他以此生的英勇和智慧/作为赌注/命令将士们/停止迁徙

“翻腾”，表现出阿米仁青加英武、敏捷的身姿。“一抬头，瞥见了/踩着火烧云而来的祥瑞”，指迁居地是祥瑞之地，充满史诗般的神奇色彩。“山水化隆，宝地也”，将化隆的地理特征点了出来。

这支迁徙的队伍，从此停止迁徙，在化隆繁衍生息。

> 一壶烈酒下肚/卸下疲惫，踏乐而舞/任由靴子敲击出胜利的乐章/牦牛舞、狮子舞、鼓舞、谐钦……/隔着兽皮，舞吉祥/曲子在半空各色旗帜间缭绕//这一刻，他兑现了将领们的生死盟约/划分领地、牛羊以及500峰骆驼/一条迁徙之路/在这里成了繁衍生息的沃土/一切奔波，终逃不过宿命

把先祖阿米仁青加率众长途迁徙、最终落根化隆的具体情景写得形象生动。

喝烈酒、载歌载舞，喜庆的场面充满着藏族风情。

> 蓝色的火焰/在山头——跳动/神秘而富有诱惑力/原来那是老者/面具上的一束光/引导他唱起古老颂词/序幕如此古朴、粗狂/藏

文化的“活化石”——藏戏/此时已踮起脚，向观众/挥舞双臂/放下俗世的种种束缚/释放原生态的美//“为嫁他，走了三年/为娶她，建了一座城”/为人称道的爱情/传唱至今，并不缺乏诗意//文成公主远嫁吐蕃/陌生的场景/穿越到舞台之上/重现神秘而伟大的爱情/惊艳绝妙的舞姿/传递出爱情的真挚//凡是经得起时间考验的事物/最后都成了传奇/也曾在人世间洒下热泪/而世人们却看到了欢乐

展现了藏族原生态文化、塔加村历史。

村民载歌载舞，藏族风情浓郁；又以文成公主远嫁和番，展示了汉、藏两个民族源远流长的交往交流交融史。

这些都紧扣住了保护古村落、传承藏文化的题旨。

第二章《白云深处的百年藏庄》

此章写“我”实地探访百年藏庄，这是全诗的精彩部分。

吐蕃遗韵塔加村/辗转百年，保守着属于/这座古村落的秘史//而今，迎接我这位诗人/这份尊贵与殊荣/让我颇感意外/闹市外，这是对文字的敬畏

塔加村“迎接我这位诗人”，写出了藏族人民的淳朴和对文化的敬重。

拴马桩将我堵在村口/板着灰青色的脸/与我对视/义正词严地佐证了/此地曾经的殷实//而我看到的却是/桩体所呈现出的神秘/谁的汗血宝马曾拴在此处？/鬃尾乱炸/蹄跳嘶鸣/而此时，我决定在诗句中/守口如瓶//拴马桩，村庄钟情的物件/避邪镇宅/记录了村庄百年的兴衰//我想阿米仁青加的那匹/汗血宝马/再怎么叛逆/也曾被拴在此桩上/反省过/甚至偷偷流过泪/咽下所有说不出的委屈//斑驳的桩

体/深夜在诗人的双眸中/若隐若现/与词汇窃窃私语/组成富有张力的诗句/清晰复述村庄百年的历程

进入有拴马桩的村口。

拴马桩，是钉在村口的古老物件，既是历史的象征，又和先祖大迁徙紧密相联，与前文“与山石为伴/守护着粮草前行”中的“山石”相照应。诗的语言充满个性，这些诗句都是在主客体交融中获得的。

塔加村墙面上/弯弯曲曲爬行的白色图案/占据了我的视野/像是蚂蚁地图/回环往复进行阐释/或许是祖先遗留的祈祷方式//凝视斑驳的墙面/诗句开始在五脏六腑翻滚/滚烫的词语/准备随时从我的唇齿间/一跃而出//挨家挨户以独特的符号/记录着信仰与祈求/白色图案/似乎在同头顶的火烧云对暗号/却意外泄露迁徙的艰辛//是的，此时诗人不该失语/漠视一处被遗忘的遗迹/再回首，百年后/升到喉咙处，未说出的话/皆会成为历史的谜团/而此刻我想以诗句作为见证/将此刻留在笔下

进入村子后，藏族文化、民俗让“我”有了创作冲动。

写塔加村的建筑、村民的信仰等。“我”对塔加村的访问，写得真切、生动。

“诗句开始在五脏六腑翻滚/滚烫的词语/准备随时从我的唇齿间/一跃而出”，将创作的过程形象地表现出来。

后一节将创作心理写得细腻生动。

“我”的诗章，就是实情的流露、真情的表达。

在百年藏庄/色彩织成诗行/装点最美的夏季/让短暂的芬芳，分散/到各个角落/伸出手，卓玛抓到/一大把花香/顺手就辫进发辫/浓

密的头发就像垂泻的瀑布

以一位藏族姑娘卓玛的特写镜头，展示出美好、温暖、散发着生命活力的藏庄现实生活风貌。

第三章《塔加：青海古村落》

此章将藏庄的自然风貌、藏族的民俗风情、村民的劳动生活场景全面展现出来，表达出保护古村落传统文化，让村民过上更加美好生活的强烈愿望。

走进传统藏族村落/尝试一种新的生活方式/惊喜在预期外//我开始模仿藏族人的生活/酣睡在土炕上/八十岁老妇悄悄给我盖上棉被/为我阻挡一切噪音/甚至一只小猫的叫声/她守护着我，正如守护着远归的女儿//清晨取三勺青稞面/按照才仁久丁的嘱咐/将白砂糖、酥油、曲拉、牛奶……/当成滚动的词语，在我的双手间/自由组合/搅、揉、捏……不连贯的动作/如贯穿在诗句间的符号/无声间富有节奏/揉捏数下，拧成的糌粑坨/正像一首写好的诗

藏族人民生活方式、藏族食品制作方法，吸引了回族诗人“我”。用精心制作藏族食品比喻倾心创作这部长诗，寓意深长，用心良苦。

诵经声，比清晨的鸟鸣声/更有禅意/千名僧侣讲经、辩经/在面孔上写下清净//对于修行者来说/唯有淡泊明志才能日行万里

宗教是藏文化的重要内容之一，塔加村是藏传佛教的信仰之地。

在寺院内煨桑烧香/缭绕的烟雾正像人世间的心事//英雄格萨尔煨桑祭神/降妖除魔，换来/白云下的安定与祥和/自此，诸神闻到桑烟/便知人间安康

“煨桑”，用松柏等植物枝叶焚起烟雾，祷告于天地诸神，是藏传佛教的一种祈祷形式。

藏族英雄格萨尔护佑着藏族民众的安康。

殊不知，这是屹立在河湟谷地/风化水蚀终成的丹霞地貌/经年累月/在高原的滋养下/以泼墨大写意，描绘出/一幅属于青藏高原的壮丽画卷/并在筋骨间/刻下高原人的坚韧/顺着滔滔黄河，穿行而过

“丹霞地貌”“滔滔黄河”，都是这里美丽的自然景观。

耐寒的青稞，攀爬到/雄鹰飞不到的地方/看望被积雪覆盖的拉脊山

用“青稞”“拉脊山”这样富有地域特征的物象，表现塔加村的自然风物、民俗风情。

“雄鹰飞不到的地方”，极言山之高峻。

你看！塔加的劳作方式/多像一首诗/打麦、打青稞、晒麦捆/以古村落最原始的闲适与自由/将诗意安放在塔加的上空

赞美劳动，赞美富有诗意的塔加。

殊不知，对一代代人来说/老房子脚下连着故土/每寸土地写满守候/就连房顶的那朵云/也是故土对游子的牵挂//沉甸甸的乡愁/在心头摇曳/像极了小时候的我/慌乱间，奔跑着、哭泣着/看到一片秋叶，迅速/写下自己的名字/让凋零的叶子来年化作春雨时/记住故乡的符号

“守候”“乡愁”，都紧扣着保护古村落文化的主旨。

保护古村落，让乡愁有处可寻。

写得看似不经意，读起来便知，全诗始终紧紧围绕着主题精心布局。

全诗结构严整，用现代诗的写作技法将一座充满藏族风情和多元文化相互交融的古村落的历史与现实风貌展现出来，以引起全社会的关注。

诗的视角新颖，情感充沛。

这部长诗，就是这样让人们很自然地跟随着诗人的脚步、思绪和情感，一步步走入塔加村，走进它的悠久历史，走进它的今生今世。

二、现代长诗创作的新收获

从具体的赏析中，我们可以看出，这部长诗以现代诗的形式创作而成，揭示出保护塔加村这一藏族古村落、传承藏文化的题旨。

长诗之所以吸引人，得益于精心的合理的布局和现代诗歌表现技法的熟练运用。

马文秀很好地把握住了诗歌的音乐性、语言、主题、表达方式和审美特性等几个方面，使长诗的内容与艺术形式相统一。在长诗的创作中，客观外物主体化、主观精神客体化的表现技法，她都运用得熟练自如，因而，这部作品能引人入胜，给人以缤纷的色彩、丰富的想象、心灵的共鸣。

马文秀这部长诗，让我很自然地联想到李季的《王贵与李香香》、阮章竞的《漳河水》和江苏省民间叙事史诗《五姑娘》这些优秀长诗。

它们都具有浓郁的地域色彩：《王贵与李香香》具有“三边”地域色彩，《漳河水》具有太行山一带地域色彩，《五姑娘》具有江南水乡地域色彩，而《老街口》则具有浓浓的青藏高原地域色彩。

前三部长诗中有人物、有故事,《老街口》则用现代诗的形式来写藏区的历史文化、风土人情。

从行数看,《老街口》比《王贵与李香香》《漳河水》都要长,比《五姑娘》略短。

它们都具有强烈的时代感。

前三部长诗主要靠人物命运、故事情节吸引人,《老街口》没有此优势,只能从诗写的本身来吸引读者。

好在马文秀写得生动而富于真情,一下子就吸引住了读者。

这与她本身就是青海人,家乡离塔加村不远,2018 年先后五次到塔加村采访、观察、体验,有深厚的生活积累有关;又与她有较强的观察力、感受力、表现力有关。

马文秀还较全面地收集了藏族古村落塔加村形成的历史资料,对塔加村村民有深入的了解。

作者多角度、多侧面的描写与刻画,以及主客观相统一的表现技法的运用,使得这部作品有了思想的深度和艺术的高度。这就弥补了人物命运、故事情节等方面失去的优势,以现代诗特有的魅力,博得了读者的喜爱。

在马文秀的诗章中,我们可以跟随她的足迹、思绪和情感,得到心灵的慰藉,感受艺术的震颤。

她采用了回环往复的诗歌表达形式:序诗是前奏,一、二、三章回环往复。

场景、细节描写以及比喻、借代、双关、伏笔、荒诞等表现技法的运用,同样使得作品熠熠生辉。

我国古代长诗中,有的并未写人物故事,但依然成为经典。

屈原的《离骚》、杜甫的《北征》就是这样。

屈原、杜甫的长诗，以高尚的精神引领，对客观外物主体化、主观精神客体化表现技法的运用极其自如，又辅以其他多种艺术表达形式，写得真诚动人。就连欧美的一些现代诗歌流派也从中国的传统诗歌中汲取到不少养分，以庞德为代表的意象派就是这样。

因此，我们要善于从古今中外诗歌中汲取丰富的营养，以创造我国新诗灿烂的未来。

三、《老街口》文本的当代意义

《老街口》是一部真正意义上的以现代长诗的形式表现当代重要题材的作品。

它的当代意义就在于：

（一）为中国新诗走民族化、大众化、现代化的道路提供了优秀的可资借鉴的厚重文本。

（二）打破了对现代诗的狭隘理解，走出了现代诗表现自我的小圈子，使现代诗的题材更加广泛，发展空间更加广阔。

（三）以自己的探索，为中国新诗的发展、为中国新诗的现代化，提供了新鲜经验。中国新诗须从自身出发，汲取古今中外优秀诗歌成果，特别是中国古代优秀诗歌成果，创造出更加成熟的现代新诗。

在神秘的历史传说中寻求诗的脉动

——读马文秀长诗《老街口》

夏　汉

1

在对现代汉语诗歌的评价中，有一个普遍的说法，那就是现代汉语尚不成熟，长诗的写作也因此不具备条件。现代汉语长诗的写作状况似乎支持了这一说法。纵观百年新诗史，几乎没有留下可以媲美优秀短诗的鸿篇巨制，即便是近年来的几位成名诗人的长诗也屡屡遭受各个层面的指诟。当然，写作是一种个性判断下的语言实践，孰是孰非不可以以一概全，所以，写作者创作的文本就会不可避免地接受不同受众的审视，这就构成了诗学宿命。长诗也不得不面对这样的现实。而从另一个视域看，我们的诗人又从未间断长诗写作的探讨与实践，尤其是对边疆少数民族的历史文化的转述，更加成为一个写作的热点、向度。可以说，马文秀的《老街口》就是在此背景下创作的新的篇什。

写长诗的诗人，胸中必定有一个很大的企图；同时，对于史诗情结的欲求与展示也会激励着诗人。马文秀自然也会有如此的考量。她就在百年藏庄塔加村的古老建筑及其神秘的历史传说中寻求诗的脉动。无疑，这对于年轻诗人来说，几乎可以被看作一次奇遇，“新的意象遇见诗人/

神秘挤进，未出口的诗句中”便是诗意的开启：“村口的巨石/扮成传达神谕的女祭司/将百年的过往，藏在/一阵龙卷风中/秘密送进我的目光中。”可见，诗人以老街口作为立足点是恰切的，这便可以有一个切实的视域。那块从西藏驮运而来的石头在坐骑与“我”对视的瞬间，将村庄的历史告知“我”，就连每家每户的老物件也纷纷交代出各自的身世，让后辈能够在“我”笔墨纵横处觅得祖先的遗迹。

2

据史料介绍，塔加村是青海即将消失的一个古村落，一千多年前，吐蕃军队的后裔从西藏迁徙至此。彼时，在先祖阿米仁青加将军的指引下，宿命中的奔波，在一座村庄结束。这位“最后”的吐蕃大将，在沙漠戈壁间踏入心中的绿洲，走出了古丝绸之路南道的繁荣，让塔加村成为迎接文成公主进藏的重要一站。诗人以阿米仁青加将军带领吐蕃将士穿越沙漠戈壁寻找落脚地的壮举为历史纵轴，以塔加村的风貌、遗存为现实横轴，建立起自己的叙述架构，从而展示出壮美与神秘，其诗歌的审美特征也在交错推进中彰显出来。自然，这段历史要通过事件与人物呈现出来。阿米仁青加将军带领将士驱赶着500峰骆驼在沙漠间苦行，不知道在哪里安居——这是一场没有目标的迁徙，迁徙似乎成为一个宿命刻在阿米仁青加的额头上：安顿家人，繁衍生息。终于，在“太阳落山前”，他们找到了落脚处，结束了一场伟大的迁徙。诗人在序诗部分着墨不多，却勾勒出一个清晰的历史轮廓。诗人动情地写道——

沙漠之舟也曾是一条

流淌战士热血的长河

而今天却被烧成

一片火烧云的形状

奔腾、奔腾，纵使千万滴汗珠汹涌

也不及被淹没的马蹄声

长诗对文成公主入藏和亲的描述尤为生动，这无疑是对家国情怀的称许和对美好爱情的赞美。在那个朝代，公主其实也是一件具有特殊意义的美丽配饰，一旦需要，也会被作为礼物献给外族王子或主公。不同的是，这桩婚姻因为文成公主的耕耘而成为一个美好的传说。文成公主与塔加有缘，浩荡的和亲队伍当年曾落脚此处。诗人在塔加寻觅这段美好的回忆，写下“花染雪域，一生随藏王”的诗句。

3

诗人以诗行为径，寻觅着塔加的遗韵与秘史。“拴马桩将我堵在村口/板着灰青色的脸/与我对视/义正词严地佐证了/此地曾经的殷实。”此刻，凭借审美想象，诗人在拴马桩上嗅出一丝神秘，猜测着“谁的汗血宝马曾拴在此处?”

诗人在塔加村墙面上看见“弯弯曲曲爬行的白色图案”，猜想那或许是祖先遗留的祈祷方式——他们以独特的符号“记录着信仰和祈求”。诗人还善于细节描写：“卓玛抓到/一大把花香/顺手就辫进发辫/浓密的头发就像垂泻的瀑布。”长诗第三章，在对古村落的审视与反思中，诗人倾注了更多的情愫：在山谷，看雄鹰盘旋；在古寺，寻觅宁静与恬淡，聆听诵经之声，感动于藏族人民的虔诚；在青稞与油菜花地里，体验劳动的艰辛，感受自由自在的心境。诗人就这样漫步在古村落中，成为诗意景象的一件幸福的配饰。

4

对一段历史的展现，长诗绝不会因袭小说或传记的写作套路——事无巨细地描写与铺叙，那不是诗所应该承担的。马文秀采用了蜻蜓点水式的叙事技巧与断片式的拼贴技法，让那段史实梦幻般出现在我们的眼前。这既契合于诗的规约，又独一于诗的魅惑。

长诗要在翔实与空灵之间寻求一个平衡点，太多的史料填进诗里，会让诗显得太过饱满；反之，又让人觉得太过空洞。这对于诗人来说，的确是一个考验，或者说，把握好分寸并不是一件轻而易举的事情。从《老街口》这部长诗来看，马文秀显然已经注意到了上述问题，并且处理得很好。就是说，她既没有把大量的史料塞进诗里，又尽可能多地融入了史实。马文秀还有一个颇为显在的写作技法，对细节的描写。比如在第一章里，那些多次出现的迁徙场面——在沙漠中的焦渴与疲惫、无助与期盼都给人留下深刻印象。

马文秀所写的百年藏庄离她的家乡很近，所以她很熟悉。她以诗人的身份进入百年藏庄，去跟老物件交流，去探秘，去思考。一部好的长诗，要能挖掘出一个地域的风土人情，并通过诗的语言呈现出来，给读者以美的享受或积极的精神引导，“而这一切都来自诗篇对自己灵魂的难以抑制的力量”（阿兰·巴迪欧《何谓诗歌，哲学怎么看它?》）。马文秀的《老街口》或许已经实现如是的期许，这是一位同样是少数民族的年轻女诗人的一次不同凡响的探索，故而没有理由不获得读者的赞誉。

2019-11-6—2019-11-19 兰石轩

[后记]

百年藏庄的醇香

与百年藏庄相遇，是因为藏庄像一坛青稞酒，散发着百年的醇香。对于一位诗人来说，我的奔波也在北京这场难得一遇的大雪中有了丰硕的成果。

临窗而坐，沏一壶红茶，卸下心中积存多年的疲惫，我的第一部长诗《老街口》的最后一行诗句终于写完了。两年来，这部长诗的每一个章节、每一个诗句都在我的笔下或湍急、或舒缓，或温情、或赤诚，让我一次次泪流不止。

吐蕃遗韵塔加村所在的化隆回族自治县与我的家乡民和回族土族自治县毗邻，我从小便对“山水化隆”特别亲切。“化隆”由藏语翻译而来，“化”为英雄之意，“隆”为山谷之意，化隆即“英雄谷”。冥冥之中，这份熟悉与亲近像是一种指引，让我置身于丹山碧水之间，忘掉了那些华而不实的词汇。穿行在化隆的神奇与大美间，以诗人的身份在古村落独有的祥和与宁静中，与迎面而来的额头布满皱纹的长者拉拉家常，寻找、挖掘隐藏在大山里的神秘往事。“山水化隆”色彩斑斓，宜远观，宜近看，风韵各异。去年6月，我再一次前往化隆，走进笔下、梦中千百次出现的塔加村。我想在这个充满希望的季节，再看一眼“山水化隆”：从老街口走进去，感受、书写这里的一花一木，探寻塔加村作为中国少数民族特色村寨的原始与神秘；从老街口走出来，以蓝天为背景，用一部长诗塑造一个充满活力、富有诗意的古村落，探索塔加村如何在不断的发展中坚守文化的根与魂。这一“顺向”和“逆向”双向思维通道的构建，目的就是让一个真实的藏庄在新时代复活。

自然山水是有灵魂的。山环水抱之地就是“藏风聚气”的风水宝地，塔加村就深藏在“山水化隆”中，它是一个保存相对完整的典型的藏族传统村落。在现代文明快速发展的今天，使命意识、责任意识、担当意识，让我有了挖掘百年藏庄纯美人心、丰厚文化底蕴、悠久历史的决心和信心。

长诗《老街口》以百年藏庄的保护与藏文化的传承为叙述核心，选取了不同的横断面，以历史故事及人物、藏庄风物及民俗等为内容，是一部“用心塑成”的真诚之作。

长诗《老街口》的出版受到有关领导和各界朋友的大力支持和关注。中国作家协会原副主席、书记处书记，著名诗人吉狄马加欣然作序。叶延滨、布日古德、乔延凤、夏汉等老师为这部长诗写了极为中肯和真诚的评论。

吉狄马加说：“诗人马文秀克服种种困难，以诗人的身份，深入塔加村这一座百年藏庄，像一个探险家一样，探访这个村庄的历史变迁和发展变化，以锐利的目光，发现历史赋予这个传统村落不一样的深厚文化内涵，将一部长诗《老街口》献给青海这片高天厚土，的确令人敬佩。”“通过诗人的目光，我们透视到高原的神秘，探寻到藏民深刻的生命观和历史观。”

《诗刊》原主编、中国作家协会诗歌委员会原主任、著名诗人叶延滨说：“马文秀以‘百年藏庄’为母题创作出这部长诗，在一定程度上填补了新生代诗人在长诗创作领域的空白。她精心布局，以诗人的身份进入塔加村，寻找历史赋予传统村落深厚的文化内涵；凭借深厚的文化底蕴与独特的审美想象，在虚实结合中呈现出古村落的原始性与神秘性，同时展现出丝绸之路南道曾经的繁荣。”

塔加村背靠阿米康家神山。为了写好这部长诗，我先后五次走进塔加村，每一次都和藏族朋友先去阿米康家神山。2019 年 2 月 16 日（既是农历己亥猪年正月十二，又是藏历土猪年正月十二），我和藏族朋友先来到阿米康家神山，然后去乡政府所在地看藏族风情浓郁的锅庄舞比赛和篮球赛。其间，我仿佛在扎西的勇武与卓玛的娇羞中又一次看到那场无法预知的迁徙。实际上，探寻、亲近那里的老物件，使我拥有了强烈的创作欲望和持久的创作动力。

因不可多得的地缘优势，百年藏庄原汁原味地保存下来。而今，藏庄已进入一个全新的时代。为了让百年藏庄散发更浓醇香，我一再推敲如何起笔、如何收官。

丰收的金秋，我又一次走进塔加村——夕阳西下，与漫山遍野的牛羊醉卧在千亩马兰花海中，吟唱、跳舞，做一个潇洒的诗人，写下古村落的千姿百态。《老街口》这部长诗共 108 节。108 是一个有趣的数字、一个圆满的数字，伴我走过了这部长诗的两个春夏秋冬。那就让古村落的人们在塔加寺 108 响钟声中走向吉祥繁荣的明天吧。

2019-11-18 北京朝阳区